銃と十字架

Shusaku
EnDo

遠藤周作

P+D
BOOKS
小学館

目次

青い小さな芽

日本の文化史のうえで貴重な価値を持ちながら、今もほとんどの日本人が顧みない一つの学校がある。その学校は一五八〇年（天正八年）に開校して三十三年の間存続したが、迫害のため閉鎖した。

学校がかつてあった場所——有馬の町は長崎県、島原半島の海べりにある。静かな、ささやかな漁港が点々とちらばるその海岸はしかし四百年前、日本人がはじめて西欧の匂いを嗅ぎ西欧の文化に触れた場所の一つだったのだ。

もし我々が長崎から雲仙に向けて車を走らすならば二時間で小浜の温泉につく。その小浜から海にそって進むと、まず加津佐の小さな町があらわれる。更に丘をこえると穏やかな入江が真下に見え、入江にそって口ノ津の町が俯瞰できる。この口ノ津の入江こそ、その昔、遠い海を渡って南蛮船がたびたび訪れた港であり、四百年前、さまざまな珍しい品物と共に中国人や南蛮宣教師が上陸した場所である。船がふたたび海の遠くに消えたあとも宣教師や中国人はこの町に住みつき、町の一角には切支丹の学校が建てられ、教会の鐘の音が流れた。加津佐や口ノ津は文字通り、国際的な町だったのである。

口ノ津から更に島原に向うと、穏やかな海がいつまでも続く。やがて遠くに、小さな、白い岬がみえる。その小さな、白い岬が、あの島原の乱で三万人の農民が戦い、殺された原《はる》の城の跡である。

我々が今から語る有馬はこの原《はる》の城の跡から遠くはない。それは、海岸から少し奥に入った小高い丘陵の麓に、眠っているように横たわる小さな村である。まひる、この村に入ると、陽にかがやく白い細い路にほとんど人影はなく、どこからか、間ぬけた鶏の声が時折、聞えるだけなのだ。

しかし、この有馬村は四百年前、この島原半島の領主だった有馬氏の居城、日之枝城があった場所である。フロイスの『日本史』を読んだ者は宣教師たちや南蛮商人たちが、その居城を訪れたことを知っているだろう。口ノ津や加津佐と同じように、この村にも西欧の匂いが至るところに流れていたのだ。

当時、この村はどうだったのだろう。幸いなことには我々はフロイスの『日本史』やそのほかの宣教師の通信文から、その面影を想像することができる。一五九四年の八月に日本にやってきたスペインの貿易商人、アビラ・ヒロンもまたここを訪れ、有馬氏の城をたずねているが、その記録によると、当時のこの村は現在と少し違っているようだ。

「長崎の市《まち》の南南東、八レグワ離れたところに有馬という市がある。この市は屋形とよばれた古い領主たち（有馬氏）と、市が大きいというより土地柄のよさ、肥沃さ、またその地形のために有名である。余り大きすぎるというほどでもなく、市を富ますような商取引もない。海辺にありながら、海岸は長く、平坦で低地のため海港でもない。だからこの市に行くには満潮の時を選ばねばならない。さもないと、どんなに舟が小さくとも、海辺に最も近い家にも行けないのだ。だが満潮時であれば、人家ばかりか、小川を上って城の傍に舟を横づけにすることもできる」（アビラ・ヒロン『日本王国記』会田由訳）

ヒロンが描いた当時の有馬と今のそれとが違うのは、昔は海が現在より、もっと間近に迫り、そして今はひろい稲田が拡がるあたりは干潮の時は浜となり、満潮の時は海と変る有明海岸によくみられる湿地帯だったことである。そしてこの湿地帯には長い橋がつくられ、その橋をわたって隣りの原《はる》の城にも行けるようになっていた。

満潮になると、その遠浅の浜が海にかくれる。そしてその海と有馬氏の居城のあった城山の麓との間に村があった。どんな村だったのだろう。ふたたびヒロンの記録を借りよう。

「まず城がある。その周辺か、近くに武士《イダルゴ》と侍、すなわち知行《レンタ》持ちの上級武士《セニョール》とその恩義を被る兵士たちの家があり、その一軒一軒が垣と濠とでとり囲《かこ》まれている。少し離れて住民や商人やその他の庶民らすなわち町人《まちんど》と呼ばれる連中の住んでいる市があり、その次に漁師たちが住む」―（会田由訳）

この場合、ヒロンは日本の町一般について語っているのだが当時の有馬もこれとほぼ同じだったことは間違いない。海に面し、海の光にてりつけられる白い路とその片側に並んだ藁ぶきの侍たちの家。家にそって濠と石垣とが続いている。濃い影が路にくっきりと落ちている。すぐ背後に城のある樹木にかくれた丘が迫っている。その城をヒロンは日本に到着した翌年の一五九五年訪問しているが、彼の貴重な記録は、私がこれから語る学校の周辺を知る上でも役にたつだろう。

「この王国で私が初めて見た珍しい家は九五年、有馬で当時、ドン・プロタジオ、後にドン・ジョアンと呼んだその地の殿《との》（有馬晴信）の城中でであった。家は城のなかにあって殿の住居だった。まず私たち、イエズス会の神父と私とは、地面から四パルモ（一パルモは約二十一糎）高い廊下へはいったが、それは幅八パルモの板張りの床であった。そこで靴をぬぎ、すでに用意していたスリッパに履きかえた。それから広間に入ったが、その広間は長さ二十パーラ（一パーラは八十三・六糎）幅十パーラあった。……この広間の床にはえんじ色のびろうどの縁をつけた極めて細かい畳が敷きつめてあった。（襖には）金色やひどく薄い青色を使って、何千という薔薇の花や、まるで本物のような遠景や山、冬をあらわしたものでは雪をかぶった山脈、あるものでは夏景色を、あるものでは実に自然のままの木々を、あちらでは鷹を、こちらでは小鳥を、そちらの戸には二頭の鹿、その鹿の間にまるで本物そっくりに巧妙に描かれた草や、それと同じ技法でその他のものを描いてあるのだからすばらしい魅力と悦びとを与えた。そして前の広間の戸を明けてくれたがそれは二十枚で一方に十枚、片方に十枚になった。そして前のものと同じ広さの、更に豪奢な美しい次の広間を見せてくれたが、しかしこれは一層の豪華さで、よしんば世界最大の君主でも大よろこびでこれを使われるだろうと思うほどの美しい広間にみえた。ついで目の前の戸を開くと今の広間よりさらに美々しい次の広間が現われた」(会田由訳)

ヒロンがこの有馬の城を訪れた時は城主の晴信は秀吉の朝鮮侵略作戦に従って朝鮮にあり、当時少年だった直純の案内で、「小さいながらまことに優美な——そして小さな木々がたくさん植えられ、幾羽かの鴨が泳いでいる池のある」庭をみたり、また茶室や「かまども焜炉《こんろ》も実によく磨いて清潔だったので、見るだけで気持のよい」厨房や、掃除が行き届いて「悪臭も不快にさせるものが何ひとつない」厠にも案内されたりしている。

今日、ヒロンが訪れたその城の跡はただ斜面に雑草が茂り、猫の額のような畑があるだけだ。そしてわずかに苔むした石垣があちこちに残っているが、この石垣が有馬氏時代のものか、どうかはわからない。だが夕暮そこにたたずむと満潮の時刻、海から小舟に乗ってこの有馬の村を訪れ、この丘をマントをひるがえして登ってくる宣教師やスペイン商人たちが眼にみえるようである。一群の少年たちが彼等を出迎えに駆けおりる。この少年たちは我々が語る有馬神学校《セミナリオ》の生徒たちである。

フロイスはこの有馬領における基督教布教の変遷をかなり詳しく記述しているが、この地方がいわば切支丹王国になったのは一五七六年に有馬義直がその弟である大村の切支丹大名大村純忠の影響を受けて多数の家臣と共に受洗したことから始る。ついでその子、鎮貴（晴信）は一時は切支丹を憎み、迫害を試みたが、やがて竜造寺隆信の勢力がこの島原半島にも及ぶに至ると、宣教師を通じ、その軍事的援助を求める気持もあって、洗礼を受ける気持になっていった。（事実宣教師たちは食糧、弾薬や火薬を援助した。）

その頃、つまり一五七九年（天正七年）の七月、イエズス会の巡察師、アレッシャンドロ・ヴァリニャーノ神父がマカオからこの有馬領の口ノ津に上陸した。イエズス会総長から命ぜられた巡察使としての彼の仕事は日本布教の現状を観察し、それを報告するにあった。

実務家としても優れた才能を持ち、後に天正少年使節団を遠くローマに派遣した彼は「すべてが異なった世界に思われる」この国に来ると、それまで在日宣教師たちの書簡で考えていた日本と現実の日本とが違うことをただちに知った。布教の方法の欠陥と不備も次々と眼についいた。彼の慧眼は宣教師と日本信徒との間に起っているひそかな軋轢も見逃さなかった。というのは、それまで日本の布教長だったスペイン人のカブラル神父に代表されるように、宣教師のなかにはいわれなく日本人を蔑視しこの国の風習を無視する傾向の持主もいて、それが日本信徒の不平、不満をつくりあげていたからである。

一五七〇年――つまりヴァリニャーノに先だつこと九年前に日本に来たこのカブラル神父は常々日本人を偽善的だと考えていた。彼には政治的目的、もしくは富国強兵策のために宣教師を利用しようとする日本領主たちの打算が鼻についたにちがいない。「日本人ほど傲慢、貪慾、不安定で偽装的な国民を見たことがない。彼等が共同の、そして従順な生活ができるとするならば、それは他に何等の生活手段がない場合のみである」とカブラル神父は書いている。「日本人（修道士）はラテン語の智識もなしに我々の指示に基いて異教徒に説教する資格を獲ているが、これがために我等をみさげたこと一再に留まらぬ。日本人修道士が研学を終えてヨーロッパ人と同じ智識を持てば、何をするであろう。日本では仏僧さえ二十年もその弟子に秘義をあかさない。日本人修道士もひとたび（教義を深く）知るならば、上長や教師を眼中におくことなく独立するであろう」（松田毅一訳）

そう考えたカブラル神父はいかなる日本人も教会のなかで抜擢し、また将来、神父として育てるべきではなく、修道士や神父を助ける同宿（伝道士）程度の地位におくべきだと主張していた。
日本に到着したヴァリニャーノ巡察使はこのカブラル的な考えに日本人修道士や日本人信徒が大きな不満を持っていることをいち早く見ぬいた。しかも彼の直接の眼を通して見た日本人は鋭い理解力を持ち、すぐれた才能に恵まれていた。「中国人は別として（日本人は）全アジアで最も有能で教育された国民であり、天稟の才能があるから、教育すれば、すべての科学を多くのヨーロッパ人以上に憶えるだろう」と彼はその『インド要録』のなかでのべている。「日本の新しい信者の大部分はキリスト教の信仰をその領主の強制によって受け入れたが、彼等は教えられたことをよく知っており、よく教育されており、才能があり……まったく悦んで教会に説教を聞きにくる。彼等は教育されると立派なキリスト教徒になる」

その意味で巡察使ヴァリニャーノは「東洋のなかで日本人ほど賢く、有能な国民はない」という意味の感想を洩らした日本最初の宣教師、フランシスコ・シャヴィエルと同じ考えの持主だったのである。

日本人蔑視論者のカブラル神父たちとヴァリニャーノ神父とはここにおいて当然、対立した。ヴァリニャーノはカブラル神父たちに、日本布教にきている宣教師たちに日本語を習得する機関も教師もなく、また彼等が日本人修道士に学問を授けてはならぬという偏見を抱いていることを難詰したが、受け入れられなかった。

「日本を指導する布教長（カブラル）がこの点、何等の理解を示さず、決して私の案を容れようとしなかったことは最も私を苦しめた。彼はこれを公言して、私にはそれまで如何なる言葉も彼に理解させることはできぬように思われた。私が私の理由をあげると彼は（日本の）イエズス会は没落するほかはなく、経験は私の方策が正しくないことを示すであろう、と言うのみであった」と彼は当時の心境を苦しく告白している。「私は誰にこの問題を信頼して打ち明けてよいか判らないのだ」

だが彼は怯まなかった。退かなかった。巡察師という特権を使い、彼はただちに口ノ津に司祭たちを招集し、日本布教の欠陥を是正する対策を論議した。その一つがカブラル神父たちの反対を押しきって実行された日本人にたいする教育機関の設置である。つまり、それまでカブラルたちが決して認めようとしなかった神父叙任の門を日本人に開き、「すべての科学を多くのヨーロッパ人以上に憶えるにちがいない」日本人たちを西洋風に教育する学校を創設することに踏み切ったのである。

この計画に基いてヴァリニャーノが渡日一年後の一五八〇年、まず有馬晴信の城下、有馬に神学校《セミナリオ》が、続いて翌年の一五八一年には大友宗麟の城下、臼杵に小神学校《コレジオ》が建てられることになった……

先にもふれたように切支丹に改宗した父を持ちながら一時は切支丹を迫害したものの、南蛮貿易と西欧の軍需品ほしさに改宗した有馬晴信は、このヴァリニャーノの乞いを入れ、それまで神父たちがもらっていた別の地面と交換する条件で神学校《セミナリオ》の敷地を与えた。それはヴァリニャーノの記述にしたがうと「城のなかにある」寺とその地所とである。

この神学校の場所が現在の有馬町のどこにあるかを示す確実な資料はない。その理由はヴァリニャーノが書いた「城」という言葉は彼等西欧人にとって同時に「町」をも意味する場合があるからである。西欧のふるい城を訪れた者は、城壁のなかに町が存在しているのをしばしば見るだろう。だが、日本の場合、町は城の周囲にあり、「城」と「町」とはちがうのである。だから、ヴァリニャーノが「城のなか」という時、それは「町のなか」を意味するのか、それともアビラ・ヒロンが訪れた城の敷地のなかにあったのか判然としないのだ。

だが有馬の郷土史家、浜口叶氏の推定では、神学校は、今日、有馬町の背後にある小高い丘、日之枝城跡の本丸のすぐそばだと言う。勿論、その丘にのぼっても、神学校の跡をとどめるものは何ひとつないが。浜口氏は今は畑になっているこの地点が昔から「寺屋敷」あるいは「コンゴウ寺」(金剛寺? 金光寺?)の跡と言われたため、そう推定したのである。私は氏のこの推定を支持する。

いずれにせよ一五八〇年の復活祭から寺を改築してできあがったこの最初の神学校《セミナリオ》について

ヴァリニャーノは幾らか満足げに次のように書いている。「有馬の城内に我等は非常に良好な場所を有しており、我等の部屋と立派な聖堂とのほかに、その地に貴族の子弟の神学校を設立した。これは三十人を収容するだけであるが、非常に便利で良く設計されている。資金と収入とが十分でなかったために、それ以上、大きく作れなかったが、増築が可能であり、事情が好転すれば拡張すべきである。この修院には目下、三名の司祭が、四、五名の修道士と同居している」(ヴァリニャーノ『日本要録』第四章)

こうして寺を改築して建てた学校の前面には広い運動場もあった。また数百米、離れた土地には休養のための別荘もあったという。(運動場というのは遠浅の有明海にできた浜のことを指すのだろう。なぜなら神学校の生徒たちはきびしい勉強生活のなかでも運動として泳ぐことを許されていたからである。)

学校の責任者は勿論、校長《レクトール》だった。校長の下には建物のこと、生徒の衣服、食事などを扱う監事《ミニストロ》、副監事をおいてその経営を助けさせた。教師のほか、生徒の告解(罪の告白)をきく特別司祭、また、寄宿舎の舎監もいた。

一五八〇年(おそらく四月から六月の間)、こうして、どうにか学校はできあがった。まだ教師の数は足りず、教えるべき教科書さえなかったが、ヴァリニャーノは開校を決断した。生徒は誰でも入学させるというわけにはいかない。ここはイエズス会の神学校《セミナリオ》だから、将来、司祭になる者の——少くとも一生を神の教会に奉仕する者の学校だからである。両親がそれを認め、当人もそれを決心した者しか入学できないのだ。のみならずヴァリニャーノは日本人に信用をえるため、当面、身分ある者の子弟のみを選抜することにした。

日之枝城跡の一角にたつたびごとに、私はこの一五八〇年の初夏、えらばれてこの丘をのぼってきた二十二人の生徒たちの姿を空想する。どんな少年たちが、どんな気持でこの学校に集ってきたのであろう。不幸にして我々はそれを詳しく知る資料を持たないが、しかし、同じ頃に設立された安土神学校の例が多少、参考になるかもしれない。信長の城下町、安土に建てられた神学校は宣教師の報告（メシヤ一五八〇年十月二十日附書簡）によれば三階建の立派なものであり、安土では信長の安土城につぐ堂々たる建物だった。安土では生徒が最初なかなか集らず、高山右近などは半強制的に重臣の子弟を応募させている。おそらくこの有馬神学校の場合も長崎や大村の切支丹の子弟が司祭たちに奨められ、時には親の反対を司祭が説得して入学するようになったのかもしれぬ。

開校式の光景を宣教師たちが書き残してくれていないのは残念だが、勿論ヴァリニャーノは出席したであろう。すぐそばの日之枝城から有馬家の重臣たちも姿をみせたであろう。陰暦六月の、おそらく暑い夏、樹々の葉がかがやき、海がつよく光っている日、十歳から十二、三歳の少年たちが次々と集ってくる。彼等はこの日から、他の日本人がまだ学んだことのない西欧の学問をその初歩から学ぶことになったのだ。それは日本の文化史にとっても記念すべき日だったのである。

二十二人の少年たちは小ざっぱりした青い着物を着させられた。それがこの赫《かがやか》しい有馬神学校生徒の制服だったからだ。外出の時はその上に青か黒いマントを着用するよう命じられた。また、生徒たちは皆、髪を切っていたが、それはヴァリニャーノが彼等が生涯を教会に奉仕する約束として日本の僧侶と同じように剃髪し、俗界から離れる決心を持つことを命じたからである。

式がすむと生徒たちは学校のなかにある寄宿舎に連れていかれた。そこには彼等の日常生活を指導する舎監と身のまわりの世話をする従僕が待っていた。

部屋は小さな机を大部屋に半畳ごとにおいて仕切ってあり、その仕切った半畳が生徒一人の居場所に決められている。自分たちの衣類や持物は長持（皮籠《かわご》）に入れて棚か台におき、決して散らかしてはならないと言われた。

日課は実にきびしく、規則正しいものだった。それは夏季（二月中旬以後、十月中旬まで）と冬季（十月中旬から二月中旬まで）とに別れていた。その大体の日課を書いておこう。

㈠午前四時半、起床。起床後、司祭たちと朝の祈り（冬季は五時半、起床。以下の日課は一時間ずつ、ずれる）

(二)五時〜六時、ミサ聖祭、祈り
(三)六時〜七時半、学習、幼年者はラテン語単語の暗記
(四)七時半〜九時、ラテン語教師に前日の宿題を提出。ラテン語学習(上級生は下級生を指導)
(五)九時〜十一時、食事、休み時間
(六)十一時〜午後二時、日本語学習、習字
(七)二時〜三時、音楽の才能ある者は歌、楽器などの練習、他の者は休憩
(八)三時〜四時半、ラテン語学習(作文、文章朗読)
(九)五時〜七時、夕食、休憩
(十)七時〜八時、ラテン語復習その他
(十一)九時、一日の反省と祈り

これが平日における生徒の日課だが、土曜には午前中はラテン語の復習を行い、午後は休養するか霊的指導を受けるかして過した。日曜や(基督教の)祝日だけは昼食後、別荘に行き自由に過すことができた。

この時間表をみると、我々はそれが西欧の神学校に準じていることにすぐ気づく。そしてまた学習の重点がラテン語の習得におかれ、あわせて日本語、日本文学の智識も与え、生徒たち

を将来、日本人としても恥しからぬ教養を持つ人材に育てようとしたヴァリニャーノの意図もはっきりわかるのである。

ついでながら寄宿舎での食事、娯楽《リクリエーション》、その他にもふれておこう。食事は平日は日本人向きに一汁一菜（魚）だが、日曜と祝日には一皿をまし、果物などのデザートを食べられた。食事中は修道士がラテン語と日本語の読物を朗読し、それを生徒たちが食事しながら聞いたが、これは現在でも西欧の修院などで行っている習慣である。

各生徒の居場所は先にも書いたように、小さな机で仕切られた半畳だったが、夜もそこで眠った。ただし夜通し、蠟燭をともした。夏は八日毎、冬は二日毎、入浴し、洗濯物や縫物は外から来た婦人がやった。外出の際は列をつくり、二人ずつ並んで歩いた。特別の事情（両親の病気など）のない限りは帰宅は許されず、その時も学校の従僕、同宿など二名が同行せねばならなかった。

娯楽《リクリエーション》は祝祭日に散歩と有馬を流れる川や有明海で泳ぐことが許され、おやつには餅か果物を与えられた。ヴァリニャーノは生徒たちの教科書にも気をつかい、アリストテレスやその他の非キリスト教の著書を教材としないように教師たちに命じ、また音楽の才能ある生徒にはクラヴサン、ギター、モノコルディオのような西洋楽器の演奏を習得させている。

第一期生の二十二人の生徒たちが、日本人としてはじめて学ぶラテン語にどのように苦しんだか、はじめて使う西洋楽器の調べをどのような思いで聞いたかは我々にも想像がつく。（ただし、このような楽器を演奏しえたのは彼等がはじめてではない。フロイスの『日本史』をみるとそれ以前、横瀬浦でヴァイオリンを弾く日本の少年がいたという。）たしかにこの第一期生たちが入学した時は日本人に向いた教科書もなく、教え方を熟知している教師も不足していて、ラテン語学習でよい成果があがらなかったことは事実である。これはこの第一期の在学生で、その翌々年「天正少年使節」の一員だった伊東マンショや原マルチニョなどのラテン語智識が意外に貧弱だったことからもわかるのである。

にもかかわらず、彼等二十二人は有明海の見えるこの丘の学舎で西欧と西欧の文化という果実を最初に味わった日本の少年たちだったのだ。もし、その少年たちの名を知ることができたら、と思うのは私一人ではあるまいが、残念ながら僅かに次の七名を除いて、他の第一期生の経歴は勿論、その名さえも摑むことはできない。

㈠伊東マンショ

言うまでもなくヴァリニャーノ神父が企てた天正少年使節としてローマに赴いた一人である。彼は日向の都於郡《とのこおり》（現在の宮崎県、都於郡町）を本拠にして戦国時代まで勢力のあった伊東氏の血をひき、一五七〇年、都於郡城で生れた。だがその後、島津勢によって追われ、孤児同然の姿で臼杵の教会で保護されている彼を豊後に赴いたヴァリニャーノが拾い、有馬神学校に送った。十歳の生徒である。

㈡中浦ジュリアン

彼もまた天正少年使節の一員となった。一五六七年、大村純忠の領地中浦で生れ、十三歳の時、第一期生として入学している。

㈢原マルチニョ

やはり天正少年使節の一人であることは言うまでもない。一五六八年に大村の波佐見で生れ、十二歳でこの神学校に入学している。

㈣西ロマノ

有馬に一五七〇年に生れ、十歳で入学した。

㈤北ポーロ

同じく有馬に一五七〇年に生れ、西ロマノと同様、十歳で入学していた。

㈥溝口アゴスチニョ

大村に一五六八年に生れ十二歳で入学している。

㈦千々石《ちぢわ》ミゲル

雲仙の麓、千々石の出身。彼も言うまでもなく伊東マンショたちと天正少年使節の一人となっている。

だが名もわからぬ他の十五名の生徒も以上の七名と同じように十歳から十二、三歳であったろう。彼等はまず予備教育を受けた後、その成績の如何によって本科に進んだことは言うまでもない。

開校時には教師の不足や教科書の不備のためなどで、ヴァリニャーノが予期したような成果があがらなかったことは先にものべたが、巡察師はその欠陥を知ると、ただちにヨーロッパやインドから教師を呼びよせた。最初の校長はメルキオル・デ・モーラ神父で、彼はスペインのカラバカに生れ、一五七七年に日本に上陸した。一五八〇年の開校と同時に校長となった彼はその後十年間、この職で働いている。

生徒について詳しくわからぬように、残念なことには、開校時における教師の名はこのモーラ神父のほかは不明である。ただ、それから四年後には、このモーラ神父のほかポルトガル人のアントニオ・ディアス神父とジョン・デ・ミラン修士がラテン語を教え、ダミアン・マリーム神父が哲学をアントニオ・アルヴァレス修士が論理学を担当していたという名簿があるが、それから見ると、この一、二名かが開校時から教鞭をとったのかもしれない。十歳の少年には西洋論理学や哲学は理解できる筈はないから、彼等には原則的な基礎的教理《カテシズム》が教えられたのであろう。生れてはじめて教えられるラテン語を辞引もなく学びはじめた少年たちが、どれほどの苦心とどのような方法で毎日、習得したのかは興味があるが、それを知る正確な資料はない。また、彼等がどれほど西洋の音符を心得、ギターやクラヴサンなどの楽器を演奏しえたかを知ることもできない。ただ、この有馬神学校と同じ一五八〇年に創立された安土神学校に突然、織田信長が訪問した時の模様を書いたフロイスの筆によって、生徒たちの音楽学習成果をある程度、想像することはできる。

「信長は何の予告もなく、我等の家にあらわれた。彼は無秩序と不潔とを嫌っていたから、(学校の)秩序と清潔さをその眼で確めるため、突然、我等を驚かせたにちがいない。しかし家のなかが万事、清潔で整っていたから、彼は非難するものをひとつも見なかった。彼は……みずから最上階にのぼり……この家にある時計、クラヴサン、ヴィオラをつくづく眺め、そしてこれを聴かせてほしいと所望した。

調べは大いに彼の気に入ったようだった。クラヴサンを弾いたのは日向の王の子息(伊東祐勝、有馬神学校生徒である伊東マンショの従兄弟)だったが、それを褒め、ついでヴィオラを弾いた者を褒めた。……今まで日本にもたらされたもので、(日本人の)最も気に入るのはオルガン、クラヴサン、ヴィオラである。このために我らは既に二つのオルガンを安土と豊後にそれぞれ持ち、クラヴサンも色々な土地にあり、それを生徒が練習している」

その信長は、言うまでもなく自分の政治的目的のため仏教勢力を弱体化したかったことと、南蛮船のもたらす利益を得るために宣教師たちを歓迎し、保護したのであって、彼が基督教を信じたわけではない。しかしその信長の時代、日本の切支丹布教は花開いたことも確かである。ヴァリニャーノは、安土と有馬の神学校を創った翌年、大友宗麟の支配する府内（現在の大分市）と臼杵にも語学を専攻するコレジオを建てた。計画は着々と堅実に実現していったのである。

あまりに短き春

こうして一五八〇年（天正八年）の夏、開校となった有馬神学校はまずまず順調なスタートをきった。日本語もまだ怪しい外人教師たちが教えるラテン語は生徒たちを当惑させたろうし、それにくらべれば西洋楽器を操ることのほうがまだ少年たちにはやさしかったようである。それでも今の我々が目撃すれば笑いを噛み殺さねばならぬような光景も時折、教室で起ったにちがいないだろう。

潮の匂いのしみこんだ小さな有馬の町の住民は、同じ青色の制服を着て、海べりに近い別荘に歩いていく神学校《セミナリオ》の生徒たちを七日に一度は見ることができた。彼等が通ると漁民も有馬家の家臣たちも好奇心こもった眼でふりかえった。

ただ神学校の外は当時、必ずしも平穏とは言えなかった。神学校設立の前から北方の佐賀を拠点とする竜造寺氏の勢力がこの有馬氏の島原地方に野火のように拡ってきたからだ。その結果竜造寺隆信は、有馬晴信の領国の中に手をのばし、領内にはそれに内通する者も出はじめていた。

「私が到着したあと」とヴァリニャーノは書いている。「この主君（晴信）を基督教徒にする交渉が続いた。ところが……突如ある日、彼は少し前に占領した三つの城を失うという不幸にあい、敵（竜造寺軍）は彼の臣民の多数を殺した。その後、まもなく竜造寺と組んだ数名の豪族たちが晴信から国を奪うためにクーデターを起した……（その後）この領内で最も堅固な城の一つで家臣が謀反を起し、同城は竜造寺氏に引き渡してしまった」

さいわい五ヶ月続いたこの竜造寺軍の包囲も神学校ができた時には終り、一応、平穏な状態に復してはいたが、有馬領内は永久に安泰だとは言えなかった。世は文字通り、戦国時代だった。

まだ十歳かそれをこえたばかりの生徒たちは、しかし日常生活のなかで昨日、勝った者が亡び、今日、華やかだった者が落魄していくことをその目で見、その体で知っていた。たとえば第一期生として入学した伊東マンショは臼杵の修錬院院長ラモンの報告によると豊後王（大友宗麟）の外縁にあたるが、宗麟が島津勢と戦って敗北した時、父は殺され、母からは捨てられ、孤児となってただシャツのようなもの一枚を身につけていたのをラモン神父に拾われたのだと言う。この伊東マンショと同じような境遇だった者も在学生のなかにはいただろうし、そのような不幸を味わわなくても世の有為転変を生徒たちはいやというほど目撃してきた筈だ。「日本の少年たちは既に大人のようである」と前にふれたアビラ・ヒロンは感嘆しているが、有馬神学校の少年たちも人間と人生とのはかなさを身をもって味わっていたと言わねばならない。

竜造寺勢がいつ侵略してくるかわからぬ有馬の城内で少年たちだけが戦いとはまったく無縁のラテン語や西洋音楽を学んでいた。生れてはじめて噛みしめる遠い国々の果実の味。神学校の教師たちは有為転変のこの世で何が恒久なのか、何が変らぬのか、何が永遠なのか、そして主君も親族も時として親兄弟さえも信じられぬ戦国の人間関係のなかで誰が信じられるかを、ひとつ、ひとつさとし、教えたであろう。少年たちはその言葉をそれぞれの過去の実感をもって、貪るように聞く。彼等の心に何かが吸いこまれ、染みこんでいく。不穏な日本全国にあってこの有馬の小さな神学校だけが外界から離れた独得の平和を持っていた。

一方、神学校を設立するとヴァリニャーノ巡察師はその一五八〇年の九月、教師や生徒たちに別れをつげて口ノ津から切支丹大名、大友宗麟とその息子、義統の支配する豊後に視察旅行に出かけた。当時の豊後はまた薩摩の島津と西の竜造寺の圧迫を受け、領内では仏教徒の武士団の不満を含んではいたが、まだまだ宣教師たちにとっては布教が成功した切支丹王国だった。

ヴァリニャーノはその豊後の臼杵で有馬神学校と共に開設した修錬院《ノビシア》を視察した。この修錬院ではこの年のクリスマスから六人の日本人がラテン語を学ぶことになっていた。ヴァリニャーノの日本人教育計画は着々と進んでいたのである。

巡察師は更に豊後から船で畿内にのぼった。畿内では高山右近とその父をはじめとする切支丹武将や信徒たちの歓迎を受けながら彼は京で織田信長の謁見を受けることになる。ヴァリニャーノ一行のなかにゴアから連れてきた黒人の召使がいたため、物見だかい京童たちは宿所の「都の教会《エクレジア》」に殺到し、怪我人さえ出る始末だった。謁見の折、冷静な信長さえ、生れてはじめて見る黒人に興味をもち、家臣に命じてその上半身を洗わせ、その肌の色が落ちないのに驚き、彼をゆずってほしいと申しこんだ。

当時の信長はまだ西欧の怖しさを知らなかった。西洋の東洋進出の力と西洋との外交を考えるにはまだ早い時期にあった。日本統一だけがさしあたって信長の目的だったからである。

彼を苦しめ、その自尊心をいたく傷つけた一向一揆と仏教勢力とを憎むあまり、彼は切支丹宣教師と基督教を利用しようと考える。もちろん、神仏など信じぬ戦国時代のこの近代人は宣教師の説く神《デウス》やキリストなど信じてはいなかった。彼の方針は「利用できるものはすべて利用し、利用できぬものは敝履のごとく捨てさる」プラグマチズムである。彼はだから利用できる限り宣教師も利用しようとしたにすぎない。

一方、ヴァリニャーノもまた日本布教のため、利用できる権力者は利用する政治的人間でもあった。この二人が内心、どのような気持を抱きながら最初の会見をしたかは我々には興味がある。信長は堂々たる体軀のヴァリニャーノがそれまで引見したフロイスやオルガンチーノなどの神父たちとはちがった傑物であることをひと目で見ぬいたにちがいない。ヴァリニャーノもまた、この信長が、それまで出会った九州の諸領主とは比べものにならぬ英雄だと感じた筈である。

信長はヴァリニャーノを都で行った四月一日の華麗な閲兵式に招き、更に彼の誇る安土城をくまなく案内させるなど優遇につとめた。更にこの巡察師の乞いをいれ、安土城のすぐ近くに修院と神学校《セミナリオ》を開設することも許した。

この許可のもとに安土の修院の工事は急速に進み、安土の町では安土城につぐ大きな建物になった。その三階建の修院の最上階が神学校に当てられた。畿内教区長のオルガンチーノ神父を校長として、ラテン語教授にカリオン神父、メスキタ神父を任命した。この学校の授業科目もまた生徒の日課もすべて有馬神学校と同じである。

信長がある日、鷹狩りの帰途、突然、この神学校にたち寄り、生徒の二人が演奏する西洋楽器を興味ぶかく聞いたことは先にふれたが、それからみると日本人の生徒たちには長い時間のかかるラテン語よりは、音楽のほうを早く習得できたにちがいない。

それはとも角、一年近く、豊後と畿内とをたずねたヴァリニャーノは堺から船に乗り、ふたたび豊後に寄った後、肥前を経て、有馬に戻った。大村の領主、大村純忠と、有馬晴信は巡察師の帰着を盛大に祝い、大村では演劇の催し・有馬でも有馬神学校で荘厳な聖祭と祝賀会が行われ、それには領主の晴信も出席した。神学校は絵や花で飾られ、生徒たちはミサで歌を歌った。更に一年ちかい不在の間の学課の進歩を見せるため生徒たちはヴァリニャーノの前でラテン語を暗誦してみせた。

「彼等が非常に鋭敏で、賢明で遠慮ぶかく、かつ、よく学ぶことは驚嘆するばかりである」とヴァリニャーノは書いている。「子供でも大人のように三、四時間もその席から離れないで勉強しているし、神学校では短期間に非常に困難な日本語の読み書きと共にラテン語を訳したり書いて読むことを習得し、多数の者が楽器を奏したり歌うことを学び、意味がわからなくても容易に暗誦した」

このように竜造寺隆信の侵略の野望はたえずこの有馬領内に暗い翳を落していたとはいえ、この一五八一年（天正九年）から一五八二、三年（天正十、十一年）までは領内はまだかりそめの平和を楽しむことができ、神学校《セミナリオ》の生徒もまずまずヴァリニャーノの指導のもとに順調に勉強できたのである。

イエズス会の忠実な会員であるヴァリニャーノはこの会の創始者ロヨラの盟友であり、日本最初の布教者でもあるフランシスコ・シャヴィエルの意図を継承しようと考えていた。シャヴィエルは最初の日本人留学生をヨーロッパに送っている。残念ながらその日本人の名は我々にはわからない。わかっているのは彼の洗礼名と薩摩の出身だということだけである。

日本人の優れた資質と頭脳のよさとを見ぬいたヴァリニャーノの心にも日本人留学生をヨーロッパに送る気持が渡日以来あったことは疑いない。いつかはこの有馬神学校の卒業生たちをスペイン、ポルトガルで学ばせようとする気持が後に天正少年使節をヨーロッパに送る計画を作らせた。

この計画が具体的にいつ頃からヴァリニャーノの心に芽ばえたかはわからぬ。しかし渡日以後、神学校を創設し、畿内への旅をつづけている間、京の文化に触れた彼は改めて日本人の優秀さを客観的に認識すると共に、あまりにヨーロッパを知らなすぎる日本人たちに直接、欧州の文化や華麗な都市や基督教の盛んな有様に触れさせたいと思ったのだろう。

ヴァリニャーノはこのため、大人ではなく有馬神学校から四人の少年を選んだ。第一期生の伊東マンショ、千々石ミゲル、原マルチニョ、そして中浦ジュリアンがそれである。大人ではなく少年を選抜したのは彼等がその曇りのない素直な眼で、ヴァリニャーノが示す「善きヨーロッパ」を見ることを希望したからだろう。ヴァリニャーノはこれら少年たちが「善きヨーロッパ」のみを見て「悪しきヨーロッパ」を見ることを好まなかった。そしてその眼で見た善きヨーロッパが少年たちの信仰の糧となり、ひいては神学生たちが将来、日本の布教に働く際の肥料となることを巡察師は望んだのである。

ヴァリニャーノはこれらの少年たちを、それぞれ大友宗麟、大村純忠、有馬晴信など切支丹大名の名代とした。まずしい孤児だった伊東マンショも大友宗麟と血のこい縁つづきのようにヨーロッパ側に偽りの報告をしているが、それは欧州の人間にはほとんど未知の日本の少年使節に少しでも箔をつけ、関心をひかせ、注目させようという善意と政治的意図からだったにちがいない。しかしこの彼の画策は後になって他のカトリック修道会や同じイエズス会の神父から非難を受けるようになった。だが四人の一期生が使者と選ばれて、まだ誰も見たことのないヨーロッパの国々に行きローマ法王に謁見する。この決定は創立まもない有馬神学校をゆるがせるような大事件だったにちがいない。神学校だけでなく日之枝城でもその領内でも驚くべき出来事として人々の話題になったであろう。選ばれた四人の少年は誇らしげな気持と言いようのない不安と心細さとを感じたであろう。教師の神父たちは彼等に世界地図を見せ、やがて訪れる国々を指し、その国々の話をする。だが選ばれた少年たちにはそれがどのような国なのか実感をもって想いうかべることはできなかった筈である。

選抜決定がなされてから出発まではそう日はなかった。なぜなら畿内の旅から十一月の終りごろ、有馬に戻ったヴァリニャーノは、二月の下旬、これらの少年をつれて早くも日本を離れるつもりだったからだ。少年たちの親は思いがけぬ出来事にただ仰天し、離別を永遠の別れのように歎き悲しんだようだ。千々石ミゲルの母親をヴァリニャーノ自身が説得せねばならなかったことでも、それが想像できるのである。

一五八二年（天正十年）の二月二十日、四人の有馬神学校の生徒はそれぞれ各領主の名代という名を与えられ、ヴァリニャーノ巡察師につれられて長崎の大波戸から船に乗りこんだ。少年たちに同行するのは巡察師のほか、安土の修院にいたディオゴ・デ・メスキタ神父やジョルジェ・デ・ロヨラという日本人修道士、二人の日本人従僕だった。

生れてはじめての旅はこの少年たちに決して楽ではなかった。今日でさえ、東支那海の船旅は海に馴れぬ者には辛い。まして当時の船の生活は現在の我々の想像をこえた苦しみを伴った。烈しい船酔い、なれぬ食べもの、疫病（マラリヤや伝染病）、嵐、そうした次々に起る苦しみに少年たちがどのような思いで耐えたかは我々には想像できる。しかしはじめて接する東南アジアの西洋諸国の植民地で彼等が見たこと、彼等が十四歳の正義感で感じたことは正確にはわからない。なぜならこの旅行を書いた『天正年間遣欧使節見聞対話録』は少年たちの率直で正直な感想記録というよりはヴァリニャーノ自身の編集によるものだからである。善きヨーロッパのみを見せよというヴァリニャーノの指令にもかかわらず、少年たちが旅の途上、植民地にされたアジア人の土地や町、白人に虐待される黄色人のあまりにみじめな姿を目撃しなかった筈はない。彼等は一方では神の栄光を感じながら、他方では基督教徒を標榜する者の悪と罪とをこの旅で見てしまったのだ。少年たちの一人、千々石ミゲルが帰国後、棄教して切支丹宗門は「表に後世菩提の理を解くといえども、実は国を奪うなり」と主張した理由の一つには、彼のかつて欧州に赴くまでの体験と目撃から出た気持が働いたのかもしれぬ。そしてこの問題は後々まで有馬神学校の卒業生が避けて通れぬ重荷になるのである。

ヴァリニャーノ巡察師と四人の学友とを乗せた南蛮船が長崎湾を離れ、水平線の彼方に消え去ったあとも有馬神学校では残った生徒たちが、ふたたび静かに勉強に戻っていた。だが正直いってラテン語の授業はそれが次第にむつかしくなるにつれ、初期ほどの成果があがらなくなってきた。不馴れな教授方法や教科書や辞引のないことが欠陥をさらけだしたのである。とは言え、この頃はまだ有馬の海は陽に光り穏やかだった。領内もまた、かりそめの小康状態を保っていた。この年、第一期生に続いてあたらしい生徒たちが入学した。我々が知ることのできるこの第二期生の名は大村出身の大多尾マンショ、平戸出身の堀江レオナルド、大村出身のミナグチ・マチャスなどであるが、このうち大多尾と堀江とは特に音楽の成績が良かった。だが、学校が創設されてまさに二度目の開校記念日を迎えたこの年の六月、突然、都から思いもかけぬ急報が届いた。有馬神学校の兄弟校とも言うべき安土神学校が破壊され、宣教師たちに好意を寄せていた織田信長が明智光秀のクーデターのため自殺したという悲報である。

「教会は信長の宿所からわずか一街はなれていた。早朝のミサを行うため祭服に着かえてきた私に、切支丹信徒があらわれ、信長本営で騒ぎがあり、重大な事が起ったようだから、しばらく待つようにと言った」と当時、京にいたカリオン神父は書いている。「その後、銃声が聞え、火があがった。騒ぎは喧嘩ではなく、明智が信長に叛いて彼を囲んだという知らせが届いた」

その日の夕方、知らせを受けた安土の衝撃は大きく、明智光秀が三日後、その安土に入った時は、ほとんどの住民は逃亡し、安土神学校も修院も掠奪され「窓、戸、各室の上張り、新しい教会を造るために集めた材木まで奪われ」（フロイス『日本史』）ていた有様だった。

校長のオルガンチーノ神父は生徒たちとまず沖ノ島に逃れ、その後、京の教会に移った。「だがこの（京の）地所は狭隘で、少年たちは窮屈な思いをし、何の娯楽もなく、彼等を収容するに足る設備とてなかったので、（オルガンチーノ）師はこれらの少年たちを（どこに）安全に、しかも楽々と収容しえようかと、その世話に大いに頭を悩ました」とフロイスはその『日本史』で書いている。「司祭はこの一件を（高山）右近殿ならびにその父ダリオに打ち明けたところ、一同は種々の観点から（彼等がいる）高槻以上に適した場所を見出すことは不可能であるということで意見の一致をみた」

ヴァリニャーノ巡察師と四人の少年たちはこの事件が起った時、既にマカオに到着していた。少年たちはマカオのイエズス会の司祭館に部屋を与えられ、神学校《セミナリオ》に在学中と同じようにラテン語、ポルトガル語、日本語、音楽を勉強していた。かつて親しく話をかわし、そして自分を優遇してくれた信長の死を知った時、ヴァリニャーノは特別な感慨をもって少年たちにこの報を伝えたであろう。

都の悲報は九州の宣教師たちを一時悲しませたが、それはこの有馬からはあまりに遠い場所での出来事だった。まもなく高山右近の保護のもと、高槻に安土から移転した神学校がその後、着々と成果をあげ、六、七人の新入生のなかには正親町天皇の従弟にあたる公卿の息子や、仏門出身の十九歳の青年までいた（フロイス『日本史』）という知らせを聞いて、九州の宣教師たちはようやく愁眉を開いた。一方、有馬神学校についても一五八二年の年報では次のように副管区長コエリョ神父が誇らしげに書いている。

「今日、日本の教会にとっての大きな慰めと悦びであり、将来、少からぬ成果を期待させることの一つは、有馬のセミナリオに巡察師が集めた生徒たちである。彼らはほとんど身分ある家の子弟で、聖職者のように礼儀正しく、控え目で純潔であり、長上に迷惑をかけることなく、その指図に従う。彼らは巡察師が定めた日課を文字どおりに守り、時を浪費することのないよう、時間を区分している。彼等は文学のほか声楽、器楽を学び、一定の日に告解し償いの苦業を行う。休養のため外出する彼らのつつしみ深い態度をみるため人々は戸口に走り、未曾有のもののように感嘆する」

たしかにこの小さな有馬の城下町のなかで神学校だけが別天地だった。藁ぶきの家々が海と有明海特有の湿地のそばに集った町では、基督教の改宗者もいたが、改宗しない者のなかには神学校の校長モーラ神父を激怒させた人身売買を半ば公然に行う者がいた。これは漁業のほか頼るもののないこの城下町のひそかな財源だったからである。(後世もこの地方では「からゆきさん」と言われる人身売買が口ノ津を中心にして行われた。)そんな町のなかで神学校から少年たちの澄みきった聖歌の合唱が流れ、オルガンの響きとラテン語を習う声が聞えていた。それは戦国の日本のなかでも珍しい西洋の匂いのこもった小さな天国だった。

こうしてヴァリニャーノと四人の少年使節がこの神学校を去って二年目がきた。その二年目の一五八四年(天正十二年)の三月、小康を保っていたこの有馬領に突然、異変が起った。隣国の竜造寺隆信が遂に二万五千の大軍を率いて島原半島の北端の神代湊に上陸したのである。

有馬の日之枝城にあわただしく伝令の馬が往来した。城主、有馬晴信は薩摩の島津氏に救援をたのむと手兵のすべてを動員した。海ぞいの路を島原にむかい甲冑を陽にきらめかせた兵士の群が城を去っていく。彼等の隊列が消えたあと有馬の町は不気味に静かになる。城も突然空虚になった。城内には「門をとじるための病気か、または体の不自由な老人四、五名が残っている」（フロイス『日本史』）だけで、校長モーラ神父は「修道士一人と修院の従僕らをつれて終夜、城を警戒し、城中の婦人や神学校《セミナリオ》の生徒たちを危険から保護しなければならなかった」。城下町にいる他の神父たちは修道士と共に万一の場合は聖堂の鐘を警鐘とすることにして、もしその警鐘が聞えた時はモーラ神父も城の鐘で答えることに決めた。

有馬と島津との連合軍は島原に背水の陣を布いた。一方、竜造寺の軍は「島原から三会の城まで一レグワの間ことごとく兵をもって埋められ何ものも見ることのできぬ」（フロイス『日本史』）ほどの大軍で押しよせてきた。朝八時、戦いが遂に始った。有馬、島津連合軍はたくみに竜造寺の大軍を海ちかくの沼と細路のなかに誘いこみ、大砲やモスケット銃に似た銃で武装した敵を身動きさせぬようにした。大軍を自由に動かせぬ竜造寺勢は次第に追いつめられ、午後二時、敵将、隆信は島津軍の一兵の手にかかって殺された。

勝利の報告は早馬で有馬の城に伝えられた。島原の戦場から凱旋する晴信と将兵の帰着を知らせる城の鐘が誇らしげに鳴った。宣教師たちも神学校の教師や生徒たちも学校を出て、顔かがやかせながら戻ってくる軍勢を迎えた。

この頃、少年使節たちはヴァリニャーノ神父をコチンに残してアフリカ東岸を南下していた。コチンでヴァリニャーノは上司であるイエズス会総長から印度管区長として現地にとどまるよう命令を受け、少年使節と別れねばならなかったからである。その後、少年たちの面倒はメスキタ神父が代って見ることになった。烈しい暑さの海を航海する彼等は、あの有馬に近い島原で激戦が行われたことなど勿論知る由もなかった。

畿内では信長の意志をついで豊臣秀吉が着々と勢力をのばしていた。しかし有馬神学校はまるでこれらの出来事の圏外にあるように静謐だった。学校はあたらしい教師を迎え、あたらしい生徒を入れた。彼等はむしろ、この学び舎に在籍した少年使節が今、どこで、何をしているかに関心を持っていた。

少年使節たちはアフリカの南端、喜望峰を迂回して、一五八四年(天正十二年)の七月、遂に目指すリスボアに到着した。この華麗なポルトガルの首都を見た日本人は彼等がはじめてではない。既に彼等より前にフランシスコ・シャヴィエルの努力で一人の薩摩出身の留学生がこの地に送られ、学業の途中で客死している。だが少年たちは公式の外交使節としてはじめて外国を訪れたのだ。

生れてはじめて見る西洋。西洋の都市。すべてが今日の我々に想像もつかぬほど強烈な衝撃を少年たちに与える。彼等はポルトガルを統治するダウストリア殿下の引見をリベイラ王宮で受け、大司教を訪問し、リスボア郊外にあるシントラ城に遊ぶなど、日本にいた時の彼等には考えられぬ待遇を次々と受ける。毎日、毎日、めまぐるしい破格の招待や公式行事が続く。ポルトガルからスペインに入った彼等は国王フェリペ二世の謁見を賜り、日本から持参した奉書を捧げる。そしてそのスペインから伊太利に入り、一五八五年三月二十三日、宿願のローマ法王グレゴリオ十三世の謁見をヴァチカン宮殿「帝王の間」で受けた。

すべての夢のようなこれらの出来事は四人の少年たちの心に感激と悦びと興奮を起させたのはまちがいない。しかし彼等の旅行記である『天正年間遣欧使節見聞対話録』の美化された体験記で書かれなかったことも我々は想像しておかねばならない。彼等の感動、驚愕、そして選ばれてこの欧州に来たという誇りの背後に、どれほどこの少年たちが馴れぬ生活に耐え、人々の善意と称するものを重荷に感じ、肉体的精神的な苦痛や寂しさにいじらしいほど頑張ったかも察してやらねばならぬ。この旅行は少年たちにとって戦場に赴くのと同じぐらい必死だったのだ。そして彼等はその必死な体験のなかで西欧を目撃したのである。基督教の過ちではなく、基督教徒と称する人々の悪しき面をその善き面と共に旅の途上で目撃した筈である。

「少年たちはつねに案内者が伴うべきで、よいものだけを見せ、悪いものをまったく見せず、また学ばさないようにせよ。……重要なことは彼等がよく教化され、ヨーロッパ・キリスト教世界を大いに高く評価してもどってくることである」(松田毅一訳)

このヴァリニャーノの言葉を今日、我々が読む時、彼の少年たちにたいするふかい愛情と善意を充分、認めることはできても、他面、ヴァリニャーノのヨーロッパ第一主義と独善的な中華思想とを否定することはできまい。だが少年たちは決して何も知らぬ子供ではなかった。彼等は同じ黄色の人種の国々が基督教国によって蹂躙され、征服されていった跡を旅の途上、次々と目撃したのである。少年たちがそれをどのように感じたか『見聞対話録』はふかく考えようとはしていない。少年たちがこの問題を議論しなかった筈はないであろう。たとえ遠慮と抑制力とで議論をしなくても、一人の心のうちにひそかに考えることもあったであろう。

その点、帰国後の少年たちの運命がそれを暗示してくれる。さきにもふれたが四人の彼等のうち伊東マンショ、中浦ジュリアン、原マルチニョは終生、ヴァリニャーノが願っていたように聖職者として神に身を捧げた。だが千々石ミゲルは一度は有馬神学校に復学したものの、まもなく基督教を棄てている。棄教の動機や心理は軽々しく断定はできないが、私には少年使節として長い旅の間、彼が見たことが働いているような気がしてならぬのだ。もしそうならば、ヴァリニャーノの善意はこの千々石ミゲルには皮肉にもかえって逆の結果を招くにいたったのである。

三年半の長い旅を終え、彼等がやっと帰国の途につくためリスボアからサン・フェリペ号に乗船した一五八六年、日本では天下統一の大事業の半ばを達成した関白秀吉が九州征服の作戦にとりかかろうとしていた。

畿内の宣教師も九州の宣教師もかつて信長に持ったほどではなかったが、この関白に好意を抱いていた。秀吉が宣教師たちの布教をみとめ、またその家臣にも高山右近や小西行長などのような切支丹武将がいたからである。とりわけ一五八六年の五月、彼は上京したイエズス会副管区長コエリョたち三十人の聖職者を大坂城に手厚く迎え、自ら先頭にたってこの豪華な城内をくまなく見せ、また彼等を親しく饗応しながら次のように語ったことも宣教師たちは知っていた。

「(予はシナを征服した)暁には、その地のいたるところに(キリシタンの)教会を建てさせ、シナ人はことごとくキリシタンになるように命ずるであろう。そのうえで予は日本に帰るつもりである。……日本人の半ば、もしくは大部分がキリシタンになるであろう」「予は伴天連たちが(大坂城の)河向うに住む大坂の仏僧(本願寺の顕如ら)より正しいことをよくわきまえている。なぜなら貴殿らは仏僧とは異った清浄な生活を行い、(仏僧および)他の僧たちのように汚れたことはせぬ。この点、彼より優れたことがよくわかり、予もまた(キリシタンの)教えが説くところにことごとく満足している。もし貴殿らが多くの婦人をかかえることを禁じさえしなければ、予はキリシタンとなるのに別に支障ありとは考えておらず、その禁止を解くなら予も(キリシタンに)なるだろう」(フロイス『日本史』)

コエリョ副管区長の通訳をしたフロイスが直接、耳にしたこの秀吉の言葉は多分に政治的である。信長と同じように彼はすべての権力者と同じように自分に利用できるものはあくまで利用しつくし、利用できなくなれば敝履のごとく捨てるという政治家だったからだ。秀吉のこの甘い囁きの裏にはやがて敢行する朝鮮と中国侵略作戦に宣教師たちに外国船を提供さすことや自らの富国強兵策に南蛮貿易の利潤が必要だという計算もひそんでいたのだ。そしてまた他方では彼は麾下の切支丹武将に自ら言葉を聞かせることで、彼等を侵略作戦に充分、働かせようという考えもあわせ持っていたにちがいない。

宣教師たちと同席した右近はこの甘言にひそむ秀吉の怖しさを充分、感じていた。だがコエリョもフロイスも右近ほど権力者の政治性を見ぬけなかった。そのことはこの会談の模様を記録したフロイスの文章からもはっきり窺えるのだ。

利用できるものは、すべて利用しつくす、しかし利用できなくなった時は敝履のように捨てる。その方針を秀吉は旧主君の信長から学んだ。竜造寺隆信が戦死したあと、この宿敵を倒した島津氏と大友氏とが戦った。その結果耳川の会戦で大敗を喫した大友宗麟が天正十四年（一五八六年）、援いを求めて大坂城にのぼった時、秀吉の心に働いたものも、この方針である。それは彼が九州を征服するのに絶好の口実となったからである。秀吉がこの日向の坊主こと宗麟を厚く迎えたことを聞いて宣教師たちは悦んだが、そこに彼等の甘さがあった。

そう、彼等はこの時代の権力者――信長、秀吉、そして後の家康がどれだけ武装した宗団の力を憎んでいたかに気づかなかった。これらの権力者を一番くるしめたのは自分たちと同じような戦国武将ではなく、信仰を中心として結集した一向宗門徒の一揆だった。一向一揆がどれほど信長を苦しめたかを身をもって知っている秀吉は、切支丹宣教師が少しでも彼等と同じになることを好まなかった。一向一揆の思い出は秀吉にとって切支丹に重りあっていた。だからこそ彼は大坂城でくりかえし、くりかえし「日本にいる伴天連の意図することは、基督の教えを説き、これをひろめること以外にないことを認め、称讃する」と間接的ながら重大な警告を発していたのだ。

だがこの警告を鈍感にも無視し、また秀吉の怖しい政治性を見抜けなかったコエリョたち一部宣教師のために切支丹は間もなく弾圧される。その影響は有馬の一角の小さな神学校の運命にも重大な翳を落すのである。

迫害はじまる……

秀吉の大軍、来たる——この報が薩摩に届くと島津義久は勇敢にもこの挑戦を受けて立った。不幸にして日本の端にある島津勢は秀吉の実力を熟知していなかった。熟知したとしても長年、祖先と自分たちの血と汗によって拡張した領土を秀吉の命令で削られることに甘んじる筈はなかった。

義久だけでなく九州の諸勢力も動揺した。秀吉に屈するか、島津に味方するかを判定するのは彼等にむつかしかった。九州西部の切支丹領主たち——大村、有馬たちは一方では島津の圧迫を怖れながら、秀吉が自分たちの本領を安堵するか、否か、わからぬ不安に態度を決めかねたのである。

竜造寺隆信との乾坤一擲の戦いのあと、しばらく小康を得ていた有馬領内は、ふたたび騒然となった。移りかわる世とは離れて勉強を続けていた有馬神学校もまた、迫ってくる大きな戦いの波紋を受けざるをえなくなる。

有馬や長崎の宣教師たちは畿内の同僚とのたえざる連絡によって関白秀吉の権力がいかに大きいか、その武力がいかに強いかをかねてからよく知っていた。島津軍がいかに精悍でも、秀吉の大軍の前には鎧袖一触であることを予知したモーラ校長は、有馬晴信に関白に屈するよう進言した。有馬神学校の校長であり神父である彼は、長い間、宣教師を保護してくれた切支丹大名の大友宗麟と晴信とが戦うことを好まなかったのである。

だが晴信は竜造寺との決戦で支援を受けた島津勢を裏切るわけにはいかない。彼はモーラ校長の忠告に素直に従おうとはせず、二人の間は冷やかになった。

有馬神学校はこの晴信の態度に不安に陥った。晴信がもし島津に味方すれば、日之枝城内にある神学校が戦火を受けるのは当然である。モーラ校長と副管区長コエリョ神父とは協議の後、生徒の安全と勉学の継続のためにも神学校を安全な場所に移すことを決心した。

選ばれた場所は長崎にちかい浦上である。浦上は七年前、長崎、茂木と共に竜造寺隆信の進出を怖れた大村純忠の乞いによってイエズス会領となった土地であり、そこには宣教師たちの経営する癩病院があった。片岡弥吉教授の推定によると、その癩病院に有馬神学校が移転したとのことである。現在の長崎大学病院にちかい場所であろう。

いずれにせよ、神学校は来るべき大きな戦いから避難するため、一五八七年二月に教師、生徒とともども、七年間にわたって使ってきた学舎を捨てて浦上に向った。そして、戦火が鎮まるまでこの浦上に仮教場をみつけ、授業を続けることになった。

宣教師や神学校の生徒たちが去った領内が島津に味方をすることに決めた時、突然関白秀吉の命を受けて、小西行長が大村、有馬、天草の切支丹領主たちに宣撫工作をするためやって来た。同じ切支丹の行長から本領を安堵する約束を受けると晴信たちも態度を変え、島津を捨てて、秀吉に従うことを約束した。有馬領内が戦火にまきこまれる危険は一応、去った。

だが浦上に移転した神学校は、すぐには日之枝城には戻らなかった。モーラ神父は平和が確実に戻るまでは、イエズス会領の浦上で生徒を守るのを校長の義務だと考えたからである。

秀吉の大軍は宣教師たちの予想通り、島津勢を次々と撃破していった。精悍な島津勢は時には秀吉の軍団を苦しめたが、しかし大勢はもう決していた。ただ浦上の神学校ではこの時もその戦争から離れてラテン語の学習が続き、オルガンの音がながれた。教師も生徒も間もなく起る衝撃的な事件を何も予知していなかった……。

その衝撃的な事件――それは天正十五年(一五八七年)六月に九州を制圧して筑前の筥崎に凱旋した関白秀吉が諸将に論功行賞を行い、きたるべき朝鮮侵略作戦の基地とする博多町の復興計画を小西行長に命じた後、その十九日、ほとんどぬきうち的に切支丹禁止令を出したことである。

その夜、彼は右筆の安威五左衛門と小西行長の家臣一名を博多湾上のフスタ船に送った。二百トンで幾門かの砲を備えたこの船はイエズス会の所有する軍船だったが、その船にはその夜、日本イエズス会の副管区長のコエリョが眠っていた。

何も知らぬまま海岸に連行されたコエリョ神父は、関白の切支丹禁止令を告げられ、二十日以内に日本在住の全宣教師の退去を厳命された。

一方、秀吉は幕下の切支丹武将――小西行長、蒲生氏郷、黒田孝高、高山右近などに棄教を命じた。信仰を棄てて余に仕えるか、否かという二者択一の命令の前に小西、蒲生、黒田は棄教を誓い、ひとり高山右近のみが敢然として明石の所領と家臣とを関白にかえし、信仰者として生きることを宣言した。事実彼はその宣言通り、二、三人の従者だけを連れて淡路島に逃げた。（註1）

予想もしなかったこの関白の切支丹禁止令は、切支丹武将たちの領国だけではなく、宣教師のいるすべての地方に大打撃を与えた。領主の右近が追放されたという報をうけた明石の町は驚愕と混乱との渦に巻きこまれ、家臣たちの家族は家財道具を運ぶ馬車や手押車や小舟を探すため、深夜まで明石の城下をむなしく走りまわった。畿内でも有名な京都南蛮寺をはじめ、すべての教会が次々と破壊された。右近の助力によって安土から高槻に移転した後、更に大坂に移された旧安土神学校も解散せざるをえなくなった。校長のオルガンチーノ神父は生徒たちに退校して家もとに戻るか、それとも宣教師たちと行動を共にするか、自由意志に任せたが、四、五人の新入生を除いて二十五人の上級生すべてが「神父と共に死に赴くことを決心した。彼等はその決意でセミナリオに入学したのだと言った」（『イエズス会一五八七年年報』）

有馬から移転した神学校のある浦上も、またイエズス会領だった長崎も、茂木も没収されることになった。秀吉の眼には宣教師たちが日本の土地を所有することは、植民地に他ならぬとうつったからである。切支丹王国だった大村領も、秀吉の派遣した藤堂高虎の手によって多くの教会が破壊された。

宣教師の国外追放令がコエリョ神父によって長崎に届くと、「司祭たちは急遽、教会を片附け、祭壇の飾り板をはずし、夜分にできる限り注意を払いながら、より重要な家財と修院内の教会の道具を……平戸に送ろうとして二隻の舟につみこんだ。……コエリョ師はまた長崎の切支丹にたいし、娘や若い婦人、親族の美貌の女たちを人目につくところに出さぬよう、いかなることがあろうとも（関白の家臣が）教会にいる間は彼女らを教会に行かせぬようにと注意した」（フロイス『日本史』）

こうした大混乱のなかで、宣教師たちは国外退去の命令に従って一応、平戸に続々と集結した。コエリョ神父は、一方では派遣された秀吉の使者に賄賂を送って弾圧を緩和するよう工作すると共に、黒田孝高のような切支丹武将をはじめ、秀吉の正室、北政所に書状を送り、追放令の撤回を要請した。そのためか、秀吉は二十日以内に国外退去というきびしい条件をゆるめ、季節風が吹きマカオに向う定期船が出航できるまで期限を延期することを許した。

浦上の仮教場で勉強していた有馬神学校の生徒たちはどうしたか。我々はそれについて確実な史料を持たないが、高槻の神学校の場合と同じように、生徒たちは教師と行動を共にするか、自宅に戻るかはその自由意志に任され、行動を共にする者は平戸に向ったにちがいない。

九州作戦の途中までは基督教布教と宣教師たちに寛大だった秀吉がなぜ突如としてきびしい禁止令を出したかは、今日まで多くの学者たちによって論じられている。そのひとつ、ひとつをここにあげることはしないが、その複雑きわまる原因の一つとして、我々はヴァリニャーノ自身の次のような報告を引用しておきたい。

「何年もの戦争のため、有馬と大村の領主や豊後のフランチェスコ王(宗麟)が危険に曝されたのを機会にコエリョ神父は……彼等を助けるという口実でそこに余りに介入し、重大かつ無謀な行為に及んだ。就中、彼等は関白殿にたいし、竜造寺や薩摩の王を服従さすため、この下

（九州）に遠征するように奨め、豊後のフランチェスコ王や有馬の王、及びその他の基督教徒の領主たちを全員結束させ、関白殿に味方させると約束した」（註２）

この報告書のなかでヴァリニャーノはコエリョ神父の軽率な振舞いが秀吉に、あの一向一揆という武装宗教勢力の怖しさを思い出させ、切支丹たちにたいし同じ不安を抱かせたと非難している。

コエリョ神父はポルトガルの生れ、一五七〇年に渡日しているから、宣教師のなかでも古参の一人である。彼の振舞いはすべて日本における布教成果を更にあげようという使命感から生れたものだったが、それにしてもあまりに自分たちの力を過信し、政治的に動きすぎた。彼が大砲をそなえたフスタ船に乗って筥崎に凱旋した秀吉を迎えたり、また明国と戦う場合はポルトガル船二隻を提供しようと申し出たりしたことは、関白の疑惑をますます深める原因となった。それは少くとも「日本にいる伴天連の意図することは、基督の教えを説き、これをひろめること以外にないことを認め、称讃する」と大坂城でくりかえし自らの寛大さの理由を説明した秀吉の気持とは、大きく違ったものだった。

博多湾の浜で二ヶ月以内の全宣教師の退去令を受けとったコエリョは、秀吉にたいして、前にものべたように、秀吉麾下の切支丹武将たちを通して切支丹禁止令の撤回を願い出ると共に、他方ひそかに一戦をまじえる決意をかためた。後年、日本に戻ったヴァリニャーノが書いた報告によると、コエリョ神父は平戸から有馬に行き、有馬晴信や小西行長などの切支丹武将にたいして秀吉と戦うよう工作し、そして彼はそれに必要な軍資金、武器、弾薬を提供するとのべ、「ただちに多数の火縄銃の買入れを命じ、火薬、硝石、その他の軍需品を準備させた」と言うのである。

コエリョのこの工作はたとえば平戸の松浦隆信の重臣であり、切支丹に改宗した籠手田安経などには功を奏した。「彼（籠手田安経）は、……もし何人かが切支丹に暴力をふるったり、教会や十字架に無礼を働くなら、自分と一族とは全員、一体となって（それに抵抗するで）あろう。（彼等の総数は千名近くになるだろう。）そしてなんの異議もなく信仰の証しとして切支丹の名を守るため生命を投げうつであろうと言っていた。彼はそのことを司祭と語るため教会に来たが……司祭は彼の熱意を大いに賞讃する一方、時宜にかなった有益な助言を与え、その熱心さを加減させた」（フロイス『日本史』）

だが籠手田安経のような、小豪の動員力を動かしたところで、関白秀吉に刃向える筈はない。コエリョ神父は自分の政治力をあまりに過信しすぎていた。クーデターを奨められた小西行長は、かねてからコエリョ神父の過激な行動と無神経な振舞いを苦々しく思っていただけにその工作にのる筈はなく、有馬晴信も大友義統もまた、首を縦にふらなかった。こうしてイエズス会副管区長が計画した秀吉への反乱は、空しく失敗に終ったのである。

秀吉麾下の切支丹武将を結束させ反乱を起させる企てが実現しないことを知った時、コエリョ神父はフィリピンの総督、司教および司祭に手紙を送り、日本にスペイン兵二百乃至三百を派遣し、日本在住の宣教師のための独立保護地域をつくることを要請した。現実を無視したこの申し出をフィリピン総督が承諾する筈はない。ヴァリニャーノの言葉を借りるならば、「それを嘲笑し」婉曲に断わったのである。

以上の事実は、ながい間、日本人にはかくされていたことだが、当時の日本在住の宣教師たちには秀吉によって引き起された非常事態にたいし、コエリョと同じ過激な考えを持つ神父たちの一群がいた。たとえば、我々がその記述をたびたび引用しているフロイスがそうである。そしてまた我々にとって悲しいことだが、有馬神学校の初代校長だったモーラ神父も同様の考えを抱いていたのである。彼等は異民族である日本人に自分たちの信ずる宗教を教え、救おうとする善意を強く持つあまり、こうした過激な行動に出たのであるから、単純に侵略主義や植民地主義の持主だと批判するのは軽率であろうが、しかし、それが逆に日本人と日本人切支丹たちの自尊心を傷つけたことは否めない。

もちろん、こうした過激派の考えに反対する宣教師がいた。安土神学校の校長オルガンチーノがそうである。ヴァリニャーノ巡察師もまた、そうである。これら日本人の資質を認める宣教師たちが過激な行動に出ることに反対したと言えそうである。

秀吉がこれら過激派宣教師のひそかな企図をどこまで知ったかはわからない。おそらくそれらの企図は彼の耳に入らなかったであろう。先にも触れたように彼は二十日以内という宣教師の国外退去命令を一応、緩和して次の定期船が日本を出航するまで延期することを許した。その許しを与えたのは、北政所や側近のとりなしのためかも知れない。

宣教師たちにも折角、布教の成果をあげはじめたこの日本をむざむざ棄てる気持のない者がいた。彼等は表向き、二、三人の神父をマカオに帰しただけで、事態が更に緩和するためのあらゆる手をうった。フィリピンからスペイン兵を派遣できぬと知ると、別の方法で秀吉と戦うことを考えた。それは南蛮貿易によって経済的利益をあげようとする関白にこの貿易が宣教師の布教と一体であることを知らしめる作戦である。

当時、日本にくる南蛮船の商人は宣教師の仲介なしに日本人とは取引きできなかった。日本布教を独占するイエズス会の財源は生糸貿易であり、定期船でくる南蛮商人はイエズス会の仲介によって日本人から利益をあげえたからである。

秀吉はこれを知っていた。切支丹禁止令を出した翌年、彼は切支丹の堺商人であり、小西行長の父の小西隆佐を長崎に送り、折しも入港していた南蛮船から生糸の買占めを計り、宣教師の財源を断とうとしたが、失敗した。そしてかえって南蛮貿易にたいするイエズス会の力をいやというほど知らされたのである。

南蛮諸国とは貿易はしたいが、宣教師の来るのは拒む、という彼の矛盾した政策はこのために破れた。当時の秀吉はまだ西欧基督教会がいかに西欧の東洋進出の政治面、経済面に影響力を持っているか、知らなかったのである。

この事実に気づいた彼は以後、政治家として「見て見ぬふり」をする。表向きは禁教令を主張しながら、宣教師たちが九州に留っていることにもそしらぬ顔をするのだ。切支丹たちは緊迫した事態が春の雪のように少しずつ溶けるのを感じはじめた。

秀吉が九州から引きあげ大坂に戻ると、この緩和の動きを敏感に感じた切支丹領主たちは、ふたたび宣教師の領内居住を認めだした。大村喜前は十二人、大友義統は五人、天草は九人、五島は二人、そして残余の宣教師、修道士を有馬晴信がかくまっている。彼等はかつて味わった南蛮貿易の蜜の味が忘れられなかったのだ。

有馬神学校の校長メルキオール・デ・モーラ神父も閉鎖したセミナリオの開校にとりかかった。彼は平戸に避難していた有馬、及び旧安土神学校の生徒七十三人をつれ、なつかしい有馬に戻った。

陽にかがやく海も、その海に面した藁ぶきの城下町も一年前と同じである。だが、この有馬城内で公然と授業を行うことに不安を感じた宣教師たちは会議を開き、そこに有馬晴信を招いた。晴信は宣教師や修道士たちを必ず保護すると力説したが、宣教師たちは、日本の地方領主の安定のなさをもういやというほど知っていた。彼等はより慎重に行動するほうを選んだ。そして教会をひとまず閉じ、旧安土神学校と合併した第二次有馬神学校を日之枝城から一里はなれた北有馬の八良尾にひとまず移すことに決めた。

今日、ひくい山に囲まれたこの八良尾の神学校の跡は蜜柑畠になり、切支丹の墓がいくつか転がっている。晴れた日、そこからも海がみえ、原城がみえる。人目につかぬこの場所にたつと、我々はたえず警戒をしながら勉学を続けねばならなかった神学校生徒たちの姿をまぶたに浮べざるをえない。創設から七年間のみじかい神学校の春は終り、これ以後、学校は転々と場所を変えねばならなくなる。生徒たちは今後は日蔭者として生きていかねばならなくなったのだ。

秀吉の禁教令は緩和されたが、もちろん撤回されたのではない。間隙をぬって宣教師たちは九州各地に布教し、天草や有馬領内でかなりの改宗者をつくったが、彼等は昔日のように安心して活動できたわけではなかった。イエズス会の教育機関も有馬神学校にみられるように人目を避けて授業を続けねばならない。

自分たちを保護する約束をくれても地方領主たちの地位がいかに不安定かは、宣教師たちも今度の衝撃的な事件でいやというほどわかった。秀吉がもし緩和策を引きこめ、ふたたび厳しい条件を突きつければ大村、有馬、五島、大友のような切支丹領主も態度を豹変することはあきらかである。

ここまで努力して獲得した日本布教の成果を一挙に失いたくはない。一人の権力者の気分ひとつですべてを水泡に帰したくはない。それは日本在住の宣教師すべての気分であったろう。コエリョ副管区長はさきに切支丹武将を動かして秀吉へのクーデターを計画し、失敗したが、その意志をまだ捨てていたわけではなかった。彼は一度、火の手があがれば、それに日本信徒や、秀吉によって領地を削られて不満を抱いている九州の諸侯たちが自分に応じてくると考えた。

果せるかな、翌年の一五八九年（天正十七年）の二月、七人の主だった宣教師がコエリョの招集で秘密裡に九州高来に集った。議題の一つは、この二度目のクーデター計画である。彼等は折しも帰国する少年使節をゴアから伴い既にマカオに到着していたヴァリニャーノに使いを送り、フィリピンから兵士二百人と食糧、弾薬を用意して日本に戻るよう、要請することを決めた。また秀吉の暴力から日本の基督教会を守るため、スペイン国王やフィリピンとインドの総督に軍隊を送るよう、ヴァリニャーノに工作を依頼することにした。

六人の宣教師のうち、五人が賛成し、一人が反対した。賛成者のなかにはコエリョのほかフロイスがおり、また有馬神学校校長のモーラ神父がいた。一人、日本人を高く評価する旧安土神学校のオルガンチーノ校長がこれを拒んだが、多数決で押しきられた。

有馬神学校のモーラ校長がこの決議をマカオのヴァリニャーノに伝える役目を受けた。彼はこの会議があった同じ二月、マカオに向う船に乗った。

すべては秘密裡に行われた。秀吉もこの事実にまったく気づかなかった。秀吉麾下の切支丹武将がこの決議に賛成したかどうかはわからない。まして神学校の生徒たちにモーラ校長が日本を離れる理由を教える筈はない。校長不在の間は哲学を教えているスペイン人のダミアン・マリーム神父が事務を代行することになった。

モーラ校長がマカオに向うとコエリョ副管区長はひそかに武器弾薬を長崎に集めはじめた。彼はヴァリニャーノも自分たちの決議に従うと信じていたにちがいないのだ。

その頃、少年使節と共にマカオにいたヴァリニャーノは既に秀吉のぬきうち的禁教令を知っていた。だがコエリョ神父とはちがい、「日本の国民は非常に勇敢で、しかも絶えず軍事訓練を受けているので征服が可能な国でない」(『ヴァリニャーノ書簡』)と考えている彼は使節を伴って日本に戻るために、穏便な手段を考えていた。すなわち宣教師ではなく、インド総督の使節として日本を訪問するという方法である。この頃彼は少年使節が毎日つけていた日記や記録をもとに、そのヨーロッパ旅行を対話風にまとめた『遣欧使節見聞対話録』の編纂に力を注ぎ、やがてはこれを神学校の教材にする計画をたてていた。

だから、マカオについたモーラ校長の報告をきいたヴァリニャーノはあまりのことに愕然とした。モーラ校長がどのようにヴァリニャーノを説得しようと試みたか、わからないが、その意見は次のフロイスの手紙の内容とほぼ変りないであろう。

「日本においてイエズス会や基督教界を維持するためには、この地域に堅固な要塞を有し、何か迫害が生じたなら、そこに宣教師たちが避難でき、更に彼等が資産、衣服、及び生活に必要な物をそこに保存できるようにするのが絶対に必要だ……。フェリペ国王は武装した二〇〇乃至三〇〇人の兵士でもってこれを獲得できよう」

フロイスはまた秀吉が有馬、大村、天草などの切支丹領主から領土をとりあげれば、自分たちのいる場所はなくなると書いている。モーラ神父もヴァリニャーノにほぼ、これと同じことを語ったであろう。

後にヴァリニャーノは、この時受けた衝撃を書簡のなかで次のように語っている。

「私はそのあまりに向う見ずな無鉄砲さに驚いた。なぜなら、これらのことはすべて不可能、不適当、かつ危険なものだと判断したが、それればかりか、私には余りに無分別かつ軽率に思われ、これまで考えるたびに全く肝をつぶす思いがするほどだった。そして企てられた凡てを宣教師の全員、更に日本人修道士や多くの信徒までが知り、驚いたのである」

ヴァリニャーノにとって幸運だったのはこの翌年、過激派宣教師の中心人物だったコエリョ神父が亡くなったことだった。後楯を失ったモーラ校長は、ヴァリニャーノの命令に従わざるをえなかった。

ともあれ、少年使節たちも八年余ぶりでこのモーラ校長と再会した。彼等はこの長い旅の間少年から既に青年に成長していた。かつて自分たちを指導してくれたこの校長が、どのような目的でマカオにあらわれたかを彼等が見抜いたとは思えない。この点についてヴァリニャーノは沈黙していた筈だからである。使節たちはモーラ校長を見ることでもう日本の近さを感じた。

だが一行は翌年の一五九〇年まで船を待たねばならなかった。この七月、彼等はマカオをようやく出帆した。日本の島影が近くなるにつれ使節たちは万感の思いで八年の間離れていた祖国を遠くから眺めたであろう。船にはヴァリニャーノがインド総督の使節として関白秀吉に献上する品々のほかに、日本人が今まで見たことのない西洋の印刷機がのせられている。やがて、この印刷機によって外国語は勿論、日本語の出版物（『平家物語』『太平記』『倭漢朗詠集』など）が日本で印刷されるようになるのだ。

この時、ヴァリニャーノの方針は決っていた。彼は今後の日本布教はすべて慎重に、決して権力者を刺激しない決心をかためていたのである。

七月二十一日、長崎の入江は出迎えの人々でごったがえした。大村領主、大村喜前までが家臣をつれてあらわれ、また有馬晴信も翌日、舟で姿をみせた。

だが慎重なヴァリニャーノは秀吉の役人の目をはばかり、晴信の歓迎会の申込みも断わった。そして彼は使節たちと深夜、ひそかに有馬に戻るのである。

有馬領は使節たちにとっては勿論、ヴァリニャーノにとっても懐しい場所である。潮の匂いのしみこんだこの海べりの土地。そこの八良尾の山のなかには使節たちがかつて学んだ有馬神学校《セミナリオ》が移転していた。

ヴァリニャーノは日本に着くと、ただちに故コエリョ副管区長の無謀な企てを転覆させるために手をうった。コエリョが秘密裡に長崎に集めた武器弾薬をすべて売却するか、マカオに運ばせる手続きを行ったのである。

有馬領に戻った彼は、領内の加津佐で今後の対策を協議するために主だった宣教師を招集した。

この会議で宣教師の教育事業が議題となったかどうかはわからない。しかし、この年に有馬神学校が八良尾の山中から、海べりの加津佐にふたたび移転しているのをみると、それは生徒たちの不便さを考えたヴァリニャーノの英断だったかもしれぬ。

加津佐に移転した神学校の位置も確実にはどこか、わからないが、「そこは立派な家であって」とグスマンは書いている。「海辺に出口のある閑静なよいところである」。したがってそれは加津佐の海からほど遠からぬ場所だったのだろう。

一五九〇年、このセミナリオに天草にあった小神学校《コレジオ》が合併してきた。あたらしく肥後の領主となった小西行長に同じ切支丹の信仰を持つ天草の諸豪族が反抗し、切支丹の島といわれたこの島は戦火に包まれたからである。

神学校と合併したこのコレジオに使節たちが持って帰ってきた印刷機械がおかれた。印刷機械の使い方を習得していたのは、少年使節と共にヨーロッパに渡った日本人修道士コンスタンチノ・ドラードである。彼の日本名はわからないが、彼はヨーロッパ旅行の途中、ポルトガルにいる間、同じ日本人修道士ジョルジェ・デ・ロヨラ（これも日本名がわからない）と印刷術と活字の製造法を学んだ。この修道士の指導のもとで加津佐の日本人信徒たちは早速、教義書や典礼書だけでなく、『ラテン文典』『日葡辞書』『ロドリゲス・日本大文典』のような辞書のほか、『平家物語』『太平記』などの印刷にかかった。日本で最初の印刷機の使用は、実にこの加津佐の神学校で行われたのである。

主人公を登場させるまで、私はあまりに長く、有馬神学校の創設とその前半の歴史を書きすぎたようである。これ以後——秀吉の死、家康の天下統一、そして一六一四年の、その家康が秀吉より、もっときびしい切支丹禁制を布告し、宣教師の国外追放までの神学校の模様はあきらかではない。

一五九〇年の晩秋、ヴァリニャーノは使節四人たちと共に大坂にのぼった。慎重な彼が一行を二つにわけたのは関白を刺激しないためである。

秀吉はヴァリニャーノを大坂ではなく京の聚楽第でその翌年の一五九一年に謁見した。この謁見の折、秀吉は使節たちにチェンバロその他の洋楽器をひかせ、また伊東マンショと他の使節に仕官をすすめた。マンショは皆を代表して婉曲にこれを辞退している。

ヴァリニャーノたちをこのように優遇したが、しかしこの権力者には基督教禁制という宗教政策を撤回する意志はなかった。第一、この謁見の間も秀吉はこの問題を話題にすることを禁じていたのである。ヴァリニャーノもまた、畿内への海の入口である室津でさまざまな切支丹武将たちの来訪を受けてこのことを確認せざるをえなかった。彼が謁見を許されたのも宣教師としてではなく、インド総督の使節という資格によるものだった。

この謁見の成功は九州の宣教師たちにふたたび希望を与えたが、秀吉を熟知している麾下の切支丹武将の意見を聞いたヴァリニャーノは、警戒心を解いていなかった。

不安は的中した。謁見の成功を知った反切支丹派の施薬院全宗や加藤清正たちは秀吉に「このたびの使節の使命に関して関白を動揺させ、疑惑の念を起させるに至った」（フロイス『日本史』）。

シュタイシェン師によれば、その疑惑とはヴァリニャーノの使命は、追放令を受けた筈の宣教師の日本滞在をのばすためにあるのではないか、と言うことだった。

噂が伝わると、ふたたび九州の宣教師たちに不安と恐怖を起させた。第二の危機がまた訪れたのである。反対派は秀吉に、ヴァリニャーノがふたたび日本に戻ってから力をえた宣教師たちは前と同じように布教を行い、教会に集っているという事実も教えたのである。激昂した秀吉は、一時はイエズス会全員の死刑さえ考えたほどだった。

その怒りを鎮めるためヴァリニャーノはあらゆる手をうった。加津佐に移した有馬神学校も目だたぬようふたたび八良尾の山中に戻した。彼は一時は宣教師たちを総引きあげして中国に避難させることさえ考えたが、天草、大村、有馬の諸侯が勇敢にもその保護を約束したために、考えを変えた。「デウスが我々を慰めたもうた第二のことは」とフロイスはその『日本史』に書いている。「この時期に切支丹諸侯にあえて自分たちの領内に我らを隠匿しようと試みる偉大なる勇気を授けたもうたことである。万人が関白にたいして、この上もなく恐怖心を抱いているのに鑑みて、それは彼らにとって一層、危険なことだった」

ヴァリニャーノが来ても日本基督教の危機は一向に去らない。有馬神学校はそのため、まるで日蔭者のように有馬から八良尾、八良尾から加津佐、加津佐から八良尾へと転々と移った。危機のなかでも日本ただひとつの西洋の文化と学問を伝えるこの小さな学校は、一度は途切れながら継続したのだ。一五八〇年の開校時の第一期生たちのなかには、この時期、まだ在学している者もあり、また同宿（伝道師）の仕事にたずさわる者もいた。彼等は日本人でありながら在日の外人宣教師とすべての運命を共にする決心をしていたのである。

少年使節としてヨーロッパに渡った伊東マンショ、中浦ジュリアン、千々石ミゲル、原マルチニョは、一五九一年、天草でイエズス会に入会する誓願をたてた。だがやがて千々石ミゲルは脱落し、旧友三人と師ヴァリニャーノの敵側にまわる。同じように有馬神学校の他の生徒たちもいつかは分裂していくようになっていく。昨日の師と弟子とが、昨日、机を並べた級友が今日、たがいに敵味方にわかれる運命が待ちかまえるようになるのだ。その嵐のなかで、私の書こうとする主人公たちがこの神学校に入校してきたのである。

註1　この間の事情については拙著『鉄の首枷』（中央公論社）を参照されたい。

註2　これら長い間かくされていた宣教師の日本占領計画については、高瀬弘一郎氏の研究に負うところが多い。引用したヴァリニャーノ書簡の訳も高瀬氏の訳を使わせて頂いた。

岐部とよぶ兄弟

天下分目の関ケ原の戦がはじまった一六〇〇年（慶長五年）、まだ十五歳にもならぬ兄弟が親と一族にわかれて、この有馬神学校に入学した……。

その有馬神学校はしばらく有馬領内の加津佐や有家で授業を続けていたが、慶長元年（一五九六年）の頃からふたたび転々と場所を変えねばならなくなった。

日本は——特に九州では人々はもう長い対外戦争に疲れ果てていた。秀吉の無謀な朝鮮侵略のため、領主たちも家臣も異郷にあり、その領土は人も物も戦いに供出されて疲弊しきっていた。神学校を保護してくれた有馬晴信も小西行長の指揮する第一軍団に加わって朝鮮に渡海している。侵略作戦に熱中する秀吉はそのため一時は切支丹弾圧を忘れたかにみえたものの、慶長元年、土佐の浦戸に座礁したスペイン船サン・フェリペ号の船員が船の捕獲と積荷の没収とを恨み、日本人に威嚇的な言葉を吐いたことに激怒して、ふたたび昔からの基督教憎悪を再燃させた。

サン・フェリペ号の船員はスペイン国と国王の強大なことを誇り、宣教師の宣教に赴く国は必ずスペインの版図に加えられるだろうと豪語した。この暴言は関白をいたく刺激し、即座に京、大坂に在住していた宣教師の逮捕を命令させるに至った。もし切支丹の小西行長の願いを受けた石田三成たちの説得がなければ、秀吉はこれら宣教師全員の処刑を命じていたであろう。三成たちの取りなしによってやっと二十六人の宣教師と信徒だけが長崎西坂で火刑となり、事件は一応おさまった。世にいう「二十六聖人の殉教」がこれである。

ふたたび始った迫害に怯えた宣教師たちは、まずその教育機関の一つであるコレジオを天草から長崎の唐渡山に移した。一方、有馬領、有家にあった神学校《セミナリオ》も一応、解散し、生徒の一部をマカオや国内に分散させ、他の一部だけを長崎に移動させた。

だがこの慶長三年、権力者秀吉は、大坂城で息を引きとった。太閤が死ぬと、その空白時を利用して長崎奉行、寺沢広高が弾圧を強化させたため、司教セルケイラはやむなく神学校生徒を天草の河内浦に移した。

やがて徳川家康が次第に勢力を握る。ために長崎の弾圧もゆるみ、司教セルケイラは神学校生徒を、まず天草の志岐で勉強させ、形勢をしばし窺うことにした。そしてやっと禁止令が有名無実になると、長崎の岬とよばれる場所——かつてイエズス会の所領地であった三方を海にかこまれた岬に司教館、管区長館、二つの教会、印刷所などと共にコレジオと神学校《セミナリオ》とを建設した。その場所は現在、長崎県庁のあるあたりである。

一六〇〇年、前記の兄弟が入学したのはこの岬に建てられた有馬神学校である。

兄弟は姓を岐部といい、大友宗麟が支配した豊後の国東半島がその故郷だった。半島の北端に現在も岐部とよぶ漁村があり、その一帯を支配する地侍が彼等の一族である。一族は平時は漁業、時には海賊となって遠い海を荒しまわり、戦《いくさ》がはじまれば浦辺水軍に加わって大友家のために尽した。残存する岐部文書にも彼等の功を窺わせる大友家の感状を読むことができる。

春になると梨の花が咲き、穏やかな海にかこまれたまるい小さなこの半島には、今日でも国東仏教と言われる独得の山岳仏教の寺々がある。と同時に宇佐八幡の末社がそれらの寺々とひそやかに並存もしている。そうした神々と仏との国に異国の基督教がながれこんだのは切支丹大名、大友宗麟の宗教政策のためである。彼の領国、豊後は一時は宗麟の切支丹保護に反対する仏教徒たちのため内紛がたえなかったが、巡察師ヴァリニャーノがここを訪れコレジオや修錬院、伝道所を設けてから、庶民だけでなく、武士にも基督教に改宗する者がふえ、天正十三年(一五八五年)には一万二千人、天正十四年(一五八六年)には三万人以上が信者になったという。兄弟たちの父ロマノ岐部は天正十二年(一五八四年)に一族たち百五十人と共に受洗している。この天正十二年は国東に勢力を張っていた田原親貫のクーデターが大友宗麟の手によって解決され、宗麟の次男で熱心な切支丹だった親家がこの田原家を継いでいるから、おそらく、仏と日本の神々の土地だったこの国東にも基督教が布教されたのは、この親家の力によるものだろう。

海に親しんできた岐部一族は、狭い土地に執着する農民的気質の在郷武士よりは考え方も柔軟であったにちがいない。彼等の受洗には国東の支配者であり、大友家の次男であり、また熱心な切支丹でもあった田原親家に追従し、一族の繁栄を計ろうとする意図があったかもしれないが、しかし、ロマノ岐部の信仰はやがてそれを越え、個人の信仰に変っていった。彼の一族の総領である岐部左近大夫もやがて秀吉の九州作戦の折、主君、大友義統と共に基督教に改宗したが、その直後、秀吉が突如、禁教令を出したあと、義統が棄教してもロマノ岐部は変節しなかった。彼は司祭が姿を消したこの岐部一帯で伝道師の役割をなし、洗礼を施し、くじけた信者を励した。

この父親の剛毅な性格と一族の持つ海賊的な冒険精神とそして頑健な肉体とが一六〇〇年、

有馬神学校に入学した兄弟にそのまま受けつがれていたことは、やがてその一人のペドロ岐部の生涯をみることによって明らかとなっていく。兄弟の血管には信念としたものを変えぬ父親ゆずりの強情さと、ひろい海や異国をあえて渡っていく冒険家の勇気とが流れていたのである。

こうしてその総領と共に基督教徒となった岐部一族が崩壊するのは関ケ原の戦の時である。毛利輝元に奨められて西軍についた大友宗麟の息子、義統はわずかな兵を率いて東軍の黒田如水の軍勢と国東の石垣原で戦って敗れたが、岐部一族の総領、左近大夫もこの時、敗戦を覚悟で義統の軍に加わった。

敗戦後、岐部一族は解体したが、ロマノ岐部は長年、住みなれた国東半島を去り、肥後に移っていた。そして二人の子供、ペドロとジョアンとを長崎の神学校にあずけたのである。

だが、子供を神学校に入れること――それは今日、我々が子弟をある学校に入学させることと同じではない。なぜならこの一六〇〇年時代の有馬神学校は、日本の宗教政策に背いた教理を教える場所に変り、秘密結社的な学校になっていたからである。秀吉は既に世を去ったが、その切支丹禁教令はそのまま、後継者である徳川家康にも受けつがれていた。本質的に反切支丹的傾向をもったその家康がやがて天下統一を完成すれば、基督教に容赦ない弾圧を加えることは誰にも想像できることだった。

そのような時期に有馬神学校の生徒になることは日蔭者の生涯を選ぶことである。やがては来るかもしれぬ迫害、弾圧を覚悟することである。たとえ、迫害や弾圧がきびしくなくても、有馬神学校の卒業者にはおそらく世間的な栄達は許されないであろう。それはたとえば秀吉の禁教令以後、多くの切支丹の侍がその信仰を棄てたことでもあきらかである。

だが有馬神学校の生徒たちのすべてが、それを承知でこの学校に入学したのではない。戦争のため家を失い土地をなくした侍の子弟、侍になれぬため、出世を司祭になることで代えようとした者たちもこの学校に入学したのだ。しかし入学して次第に自分たちの学舎がいまわしい罪咎のある者のように、人眼をさけて有馬、天草、長崎と転々と移動せねばならなかった過去の歴史を知って、今、学んでいるものが世間に背き、権力者たちの嫌っている学問であることを感じることはできた。彼等は自分たちの未来が世俗的には「陽のあたる場所」でないことも予感することができた。教えてくれる教師や宣教師の表情を見るだけで、自分たちの今後にどのような困難がふりかかるかを予知することができた。一方では怯えながら、しかし他方ではある覚悟をもって生きねばならなかった毎日。戦争中、同じように圧迫された基督教徒の子弟だった少年の私が味わった以上の暗い陰鬱な心情が、これら有馬神学校の生徒の胸底にただよっていたのである。

慶長五年、岐部兄弟はそのような生徒たちの一員となった。

二人が入学した頃の長崎の有馬神学校は三方を海にかこまれた岬にあった。先にも書いたようにここには二つの教会やイエズス会の管区長館や日本司教館や印刷所、西洋画を教える画塾があったが、それを大きな建物と考えてはいけない。禁教令が一時的にゆるんだとは言え、宣教師たちがひかえ目に行動せねばならなかった日々である。粗末な藁ぶきや板ぶきの家が、学校や印刷所や画塾をすべて兼用していたと思ったほうがいい。神学校の生徒たちも目だたぬ服装をさせられ、そしてその授業も人眼につかぬように行われていたにちがいない。

残念なことに、我々はこの一六〇〇年当時の長崎にあった神学校の教師名や生徒名の正確なリストを持っていない。岐部兄弟の学業成績もわからない。だがこの兄弟のうち、少くとも兄のペドロがラテン語でおそらく優秀な成績をとったであろうことは、後年の彼のラテン語で書いた素晴らしい書簡から推測できるのである。

兄弟たちの神学校での生活は二十年前、ヴァリニャーノ神父が有馬の日之枝城内に創設した当時とほぼ変りなかったとするならば、それは朝まだ暗いうちに起きて祈りとミサにあずかり、六時から九時までラテン語を主とした勉強を行い、朝食後十一時から午後二時まで日本文の読み書き、そして午後三時から四時半までふたたびラテン語、夕食後、七時から八時までまたラテン語というように徹底した語学教育を受けた筈である。

学校のすぐそばに彼等にとって聖なる場所があった。五年前そこで二十六人の宣教師と信徒たちとが秀吉の命令で火刑に処せられたあの西坂の岬である。処刑の模様はまだなまなましく人々の記憶に残っていた。京都から耳をそがれてこの長崎に連れてこられた彼等は、木にくくられ、薪を足もとにおかれ、炎と煙とのなかで祈りを唱えながら焼かれていったのだ。

だから神学校の生徒たちは学校に隣接したその処刑の場所を毎日、目にしながら勉強したのである。岐部兄弟たちはその時、なにを考えただろうか。やがて自分たちの仲間がこの同じ場所で殉教する日がくることを、その日々、予感しただろうか。自分たちの勉強と毎日、行っている信仰生活が栄達のためではなく、死のため、拷問を受けるため、殺されるため、殉教するためにあることを覚悟したろうか。

彼等はまた人間には二種類あることを学んだだろうか。おのれの信念や信仰をいかなる苦しさにも決して歪めず貫き通す強い人間と、その弱さのゆえに捨ててしまう悲しい弱虫とがこの世に生きていることを知っただろうか。

それはともかく、兄弟たちが入学した翌年、長崎に大火が起こった。町のほとんどが灰となった。このため、神学校はふたたび移転することを決め、その創設場所である有馬が選ばれた。関ケ原の戦では小西行長のような有力な切支丹武将が石田側について亡びたが、有馬の有馬晴信は徳川方に参加したため、その本領は安堵された。切支丹を保護する晴信の政策は変らなかったから、有馬に神学校《セミナリオ》を移し生徒たちを安心させて勉強させることは充分、可能だったのである。こうして兄弟たちも他の生徒と共に日之枝城内にあたらしく作られた校舎に引越した。

この年、神学校にひとつの修養会が作られた。その会は「お告げの聖母会」とよばれ、それは三年前の一五九八年、三度目の来日で長崎に滞在していた巡察師ヴァリニャーノの指示でできたものである。選抜されてこのグループに入れられた生徒は毎日、食事の時、食を節して残した食べものを有馬の町の貧者に運んだり、また癩者の世話を行い、神学校内では最も賤しい仕事をするなど、謙遜と愛の修業をすることになっていた。

このグループに入れない年少者にも「準備会」という会がつくられた。この会のできた日、大きな祝いがあり、ミサや詩吟、討論などの行事が催されて有馬晴信夫妻も出席した。

生徒たちには毎日、ラテン語の集中学習が行われたが、この頃はかつてとちがってヴァリニャーノの努力により「アンブロシウス・カレピヌスの著書より編纂せるラテン、ポルトガル、日本語対訳辞書」「マヌエル・アルバレス編の語学階梯三巻、日本語の動詞変化註釈を附す」という辞書が印刷されていたし、既にラテン語を学んだ上級生、卒業生が年少の生徒の学習を助けたことなどで、次第にその成果をあげはじめていた。先にものべたように後年、ペドロ岐部はすぐれたラテン語で手紙を書いているが、その実力の基礎はこの神学校時代に養われたのだろう。

兄弟たちが在学した頃、彼等が共に学んだ上級生や学友のなかには、高山右近の家臣の子でミゲル牧という少年がいた。音楽と日本文学が好きだった。岐阜出身のアンドレ野間も日本文学に長じ、後には神学校で日本文学を教えるようになった。が、ただ不幸にしてこの少年は体が弱かった。

当時、生徒たちにラテン語を教え、補導もしてくれた先輩には伊予出身のジュスト伊予修道士がいた。おそらく岐部兄弟も、この日本人修道士からラテン語の勉学を手伝ってもらったであろう。一六〇四年頃、マカオでの留学を終えて帰国したディエゴ結城――河内の岡山の城主、結城一族の一人であるこの青年からも兄弟はラテン語を教わったにちがいない。このディエゴ結城のラテン語の実力も素晴らしく、その書簡は古典的な文体でつづられていると言われているが、このような日本人の先輩の助けで、兄弟、特にペドロの語学力は更に進歩したのである。

だがこの頃、兄弟たちは、あの天正少年使節として欧州に行った先輩たちをその眼で見ただろうか。少年使節の一員だった伊東マンショは帰国後、天草の修錬院に入りラテン語、自然科学、哲学を学んだ後、兄弟たちが有馬神学校に入学した一六〇〇年、マカオに留学し、一六〇六年頃、神学校の助手として働いているから、兄弟が伊東マンショに会ったことは大いにありうるのだ。

同じ少年使節だったジュリアン中浦も天草で勉強し、イエズス会修道士になった後、一六〇七年、有馬神学校で働いた。マルチニョ原もある一時期、神学校でラテン語を教えたことがある。

もし岐部兄弟たちが神学校在学中にこの少年使節だった彼等の誰かと会っているならば、当然、その先輩の口から自分たちのまだ見ぬヨーロッパの文化や文明の素晴らしさを聞いたにちがいない。これら先輩たちがその眼で見たポルトガル、スペイン、伊太利の風景や豪華な都市、宮廷や法王庁の話を兄弟は他の学友と眼をかがやかせ、むさぼるように聞きほれた筈である。一族の先祖から海の冒険の血を受けた兄弟たちはいつかは自分もそれらの国々に行き、何かを学んでみたいと願ったとしてもふしぎではなかったろう。

関ケ原の戦のあと、まだ大坂城の豊臣秀頼を亡ぼしていない徳川家康は、反切支丹的な考えにもかかわらず、南蛮貿易の利をえるためにも一時的に切支丹にたいして寛大な態度をとった。もちろん胸中ではやがては切支丹を禁止する計画を持ちながら、彼は切支丹武将を大坂方にまわす不利を考え、布教を見て見ぬふりをした。ためにこのみじかい期間、切支丹の布教はふたたび活発となり、有馬神学校の生徒も平和に勉強を続けることができた。

かりそめの平和のなかで神学校の生徒たちは自分たちの教師や先輩、同級生たちの運命を予想もしなかった。やがて襲ってくる大迫害のなかで信念と信仰を貫き通して先輩の伊東マンショ、中浦ジュリアン、ジュスト伊予、ディエゴ結城などは「穴吊し」という最も残酷な拷問をうけて殉教するだろう。だが他方、兄弟たちに信仰を説いた教師のなかにも、それらの迫害と拷問とに怯えて棄教する者も出てくるのだ。

たとえば一六〇三年——つまり兄弟たちが神学校生徒になって三年目、日本文学の教師として彼等に読み書きから日本の古典を教えてくれた日本人修道士シメオン（日本名はわからない）は後に信仰を棄て、信仰を棄てただけでなくかつての仲間の敵対者になった。天正少年使節の一人だった千々石ミゲルもまた帰国後、一時は天草の修錬院にいたものの、やがて大村家の家臣に戻り、基督教を憎むようになる。

そうした一人一人の運命、一人一人の生きかたの違いはまだこの頃、誰にもわかっていなかった。誰も他人の運命を知ることができぬように自分のこれからを予想する筈はない。ただ彼等は自分たちの勉強が国法と相反するものであり、いつかはそれゆえに大きな苦しみが襲ってくるかもしれぬことだけは覚悟せねばならなかったのだ。

入学して四年目に、神学校に三十歳にちかい伊太利人神父が赴任してきた。ジョヴァンニ・バッチスタ・ポルロという若い神父で、渡日した宣教師の多くがそうだったように、彼もこの神学校で日本語を学びはじめた。おだやかで、読書好きなこの神父を日本人の生徒たちは遠慮がちな、しかし好意ある眼で遠くから眺めたであろう。まだ日本語もおぼつかぬ彼と岐部兄弟たちとは親しく話はできなかったが、毎日の生活は共にした筈である。やがて三年たつとこのポルロ神父も日本語を憶え、生徒に彼の専門である修辞学を教えるようになる。

人生でふと触れあった相手が、いつか自分にとって運命を共にする人間になるとは誰にもわかりはせぬ。ペドロ岐部もまた、有馬の学舎で出会ったこのポルロ神父と自分とが、いつか再会し、その人生の最後を共にするとはこの時、夢にも思っていなかったにちがいない。この神学校時代ポルロ神父は彼にとってたんに敬愛する宣教師《パードレ》の一人であり、自分に修辞学を教えてくれる師にすぎなかった。

在学中、ペドロ岐部は弟と共に何を学んだか。ラテン語、そして第二外国語としてポルトガル語。上級生になると基礎宗教学や倫理学がこれに加わった。そして入学の時の少年の体も今は、逞しい青年の肉体に成長していった。

慶長十一年（一六〇六年）、ペドロ岐部はようやく約六年の勉学を終えて有馬神学校を卒業した。兄弟は共に自分たちを教え、指導してくれた師たちと同じようにイエズス会に入会し、将来を司祭として神に捧げることを夢みた。だがこの時代、日本人が修道士《イルマン》ならば兎も角、神父《パードレ》になることは必ずしも容易なことではなかった。在日宣教師のなかにも布教長だったカブラル神父のように、「私は日本人ほど傲慢、貪欲、不安定で偽装的な国民を見たことがない。彼等が共同の、そして従順な生活ができるとすれば、それは他に何等の生活手段がない場合である。……日本で修道会に入ってくる者は通常、世間で生計が立たぬ者であり、生計が立つ者が修道士になることは考えられない」と高言した神父もいる。そしてこのカブラルの考えに共感する宣教師も、当時、決して少くなかった。巡察師ヴァリニャーノはこのカブラル神父たちの偏見を打破するため、日本聖職者組織の改革にのりだし、神学校《セミナリオ》やコレジオを設立したのだが、しかし、それでもまだまだ日本人が神父になるには多くの障碍があった。

ペドロ岐部もまたその障碍の一つ、一つを乗りこえていかねばならなかった。神学校を卒えた十九歳のこの青年は、まずそのために「同宿」とよばれる下級伝道士に身を投じた。それは仏教の僧侶たちが将来、僧侶になる若者を呼んだ言葉だが、当時の切支丹教会でもこの言葉を採用して、教会に奉仕するため世間を捨てた者を同宿と呼ぶことにした。ヴァリニャーノの言葉を借りるならば「彼等のある者は修道士、または司祭になるつもりで勉学する。その仕事は……たとえば聖器室の係、使い走り、茶の湯の接待やミサの侍者、埋葬や洗礼その他の教会儀式の手伝いをして神父を助けるのである」

同宿たちは黒い長衣を着て、仏僧たちのように剃髪をしたが、イエズス会宣教師とはちがった服装をさせられていた。それは同宿が宣教師とはちがうことを示すためである。同宿は宣教師たちと同じように祈り、修行、奉仕の生活を行ったが、聖職者ではないから結婚することも認められた。だがそうした生活を行って、なお独身を誓い、聖職者になることを希望しつづける者のなかから修道士になる者、神父になる資格のある者が選ばれていった。こうして神学校を卒業しながら「同宿」という下級伝道士の仕事を命じられたペドロ岐部がその後、どこで働いていたのかを知る資料はない。おそらく彼は有馬、天草を中心にした地方で宣教師たちの手伝いをしながら教会をたずねまわっていたのだろうが、しかし司祭になりたいという夢は棄てることはできなかった。彼は自らの母校、有馬神学校の第一期生だったセバスチャン木村とルイスにあはらが神学校を卒えた後、マカオに留学して帰国し、一六〇一年の九月、長崎で司祭に叙階されたことを知っていた。共に平戸の出身であるこの二人は、日本人として最初に神父となった先輩であり、ペドロ岐部も在学中、一種の羨望の念をもって、布教を行っている彼等に会った記憶があったからである。やがてはこの両先輩と同じように神父になるために更に勉学を続けたい、そのために彼等のようにマカオやマニラの神学校で神父となるに必要な神学を修めたい、それが同宿時代のペドロ岐部のひそかな、しかし熱い夢だったのである。

　このひそかな熱い夢を彼は八年間も抱きつづけた。だがその夢を神がいつ、いかなる形で実現したまうのかは彼にも予想できぬことだった。

　この頃、国内では関ケ原の戦で勝利をしめた徳川家康が徐々に、しかし確実に最後の敵対者である豊臣秀頼とその母、淀君とを締めつけ、大坂城にたいする戦いを慎重に準備していた。

　ペドロ岐部が同宿になって六年目に彼にとっても、また有馬神学校に関係するすべての者にとっても驚くような事件が起った。それは有馬神学校のパトロンとも言うべき有馬晴信の上に思いがけぬ出来事が襲ったからである。

事件の遠因はその三年前の一六〇九年（慶長十四年）にはじまる。この年の六月、一隻のポルトガル船「マードレ・デ・デウス」号（聖母号）が長崎に入港した。家康は他国の船なら兎も角、ポルトガル船が日本に来ることを、この頃、悦んではいなかった。それは二年前、マカオで日本船とポルトガル人との間に争いがあって、積荷を奪われるという事件があったからである。

好ましからざるポルトガル船の入港を知った家康は、有馬晴信にその船を拿捕し、船長を逮捕することを命じ、晴信は兵を率いて長崎に赴き、ここに有馬の水軍とポルトガル船との戦いがはじまった。日本と外国との最初の海戦ともいうべきこの戦は三日つづき、ポルトガル船長は船に積んだ火薬に火をつけて自爆した。

それから二年後のことである。本多正純の家来で岡本大八という切支丹がその晴信に接触しはじめ、かつての海戦の功に酬いるため、有馬家の旧領で今は鍋島領となっている藤津、彼杵《そのき》、杵島《きじま》の三郡をふたたび晴信の手に戻すよう、本多正純に努力しようと申し出た。晴信がこの提案を悦ばなかった筈はない。彼は大八の甘言にのせられ、老中への運動費として数千両をこの男に手わたした。

一年ほどたってもまったく岡本大八から返事をもらえなかった有馬晴信は仕方なく、直接、本多正純に真相をただすべく、息子の直純夫妻を伴って京までのぼった。だが息子の直純はかねてからこの父、晴信に不満を持っていたので妻、国姫（家康の外曽孫《ひまご》）と共に駿府に赴き、父、晴信が老年なるにかかわらず家督をゆずらぬことなどを訴え出た。更に直純は本多正純を訪れ、例の岡本大八の提案を問いただしたところ、本多正純から、まったく知らぬと突き放されて驚愕した。

事件はあかるみに出た。家康は町奉行に命じ有馬晴信と岡本大八とを江戸で対決させた。大八の詐欺は発覚したが、晴信もまた大八から、かつて長崎奉行、長谷川藤広を暗殺しようとしたことなどを逆訴され、所領を没収されて甲斐の国谷村に預けられた後、斬罪に処せられることになった。死の近づいたことを知った晴信は祈りの生活にあけくれた。そして死の日を待った。

処刑の日、彼は「十字架の前にひれ伏して、大音声に己が罪を告白し……赦しを乞うた。家来の一人が彼の首を刎ねて最後の一撃を与えた。彼の夫人ジュタはその勇気と信仰とでこの苦難中、忍んできたのだが、その首を両手に取りあげて、いかにも大名の夫人に相応しく、いささかも取り乱さず、長い間、見詰めていた。……即日、彼女は髪を切り、三年の間、ひたすら夫の墓の側に蟄居し、喪に服した」（シュタイシェン『切支丹大名』）

こうして父晴信を訴え、父を見殺しにすることによって有馬家の家督をついだ有馬直純は日之枝城に戻ると、父とはまったく反対の宗教政策——切支丹弾圧を開始した。直純もまたかつては受洗もし、洗礼名をミカエルと言い、小西行長の姪マルタを妻としたこともある。しかし、行長が関ケ原の戦で敗れ、家康からその曽孫《ひまご》女の国姫と婚姻することを命ぜられると、マルタと別れ、家督相続後は切支丹嫌いの国姫の意を迎えるためにも、切支丹追放にとりかかったのである。

教会がこわされ、寺が建てられ、仏教僧侶が領内によばれ、領民に切支丹を棄てることが命ぜられた。領内の多くの切支丹たちはこれに肯んじなかった。だがもはや日之枝城内に有馬神学校をおくことは不可能になった。

当時、神学校の校長はポルトガル、リスボア出身のマテオ・デ・コーロス神父だった。コーロス神父は生徒と教師たちとを連れて、日之枝城から長崎の唐渡山にふたたび移った。ふたたびと言うのは、むかしこの山に神学校が移転したことがあったからである。その長崎には有馬領内での迫害を逃れて切支丹の避難民たちが続々と流れこんできた。かつて宣教師たちにとって最も安心して布教を行えた有馬の領国は、一転して最も危険な土地の一つになってしまったのである。

間もなく九州の宣教師たちは有馬だけでなく、江戸でもきびしい禁教令が家康によって発せられたことを知った。家康はまず駿府城内と江戸の家臣を調査し、自らの命令にかかわらずなお、信仰を守ろうとする者の財産を没収し追放した。追放された家康の家臣のなかには、後に品川で火刑に処せられた原主水《もんど》、大坂城に入って東軍と戦って戦死した小笠原権之丞などがいる。

関ケ原の戦以後も切支丹にたいしては寛大で、宣教師の布教を見て見ぬふりをしていた家康が基督教にたいし、いかなる感情を持っているかは、遂にこれではっきりとした。家康はさしあたってこの切支丹禁止令を徳川家の直轄領だけに適用し、他の大名には強制しなかったが、やがて彼が大坂城の豊臣家を倒し、天下の実権を握れば、秀吉以上にきびしい弾圧を実行することは明らかだった。

家康の反切支丹感情を知った九州の諸大名たちは、それに追従するかのように切支丹圧迫に踏みきりはじめた。それまで基督教に寛大だった小倉の細川忠興は、領内に宣教師と教会の存在することを禁じたし、大村の切支丹大名、大村喜前も、はっきりと棄教することを宣言した。五島の五島純玄もまた切支丹から仏教徒に戻った。父、晴信失脚後、有馬家を継いだ直純は日向に移封を命ぜられたが、その代り有馬は棄教者で長崎奉行の長谷川藤広が支配することになった。

秀吉の死後、しばらく一息ついていた宣教師たちは、ふたたび重くるしい空気のなかで身をひそめ、嵐が通過するのをじっと待とうとしていた。彼等はただ豊臣秀頼が家康を倒せば、自分たちに布教の自由が与えられるかもしれぬという、万に一つのはかない可能性に希望を託するより仕方なかったのである。

この時期、同宿だったペドロ岐部が何処で何をしていたのかはわからない。しかし彼もまたこの重い空気のなかで自らの未来を考えていた……

流謫の日々

「幼年の頃から日本人の間に育った私は、彼等に関して得た智識に基いで御報告いたします。私はきびしい選択と調査をせずに日本人を修道士にすることは、わが（イエズス）会のため適当ではないと考える者であります。日本人はヨーロッパ人に比べ、天賦の才に乏しく、また徳を全うする能力に欠けています。……それに聖なるわれらが宗教は彼等にまだ深い根を下さず、改宗も近来の事ですから、基督教についても根本的によく知らず、理解もしていません。こうした連中を我がイエズス会に入れることは良いとは絶対に思われません。

その点、私自身、長年、次のような見解を抱いています。たとえ入会する日本人が百人以上ありましても、そのなかに信者を統制する才を備えた者なく、教義に通達した者なく、魂を救う道に大きな情熱を持っている者もありません。ましてそのなかから司祭になる能力を持った者は今日、一人もいないのです。……

彼等の大部分は幼少から神学校《セミナリオ》で教育を受けましたが、イエズス会に入会して、何をするのか、また選ばれて入会する者の使命がどんなに重大なのかもわきまえぬくせに、神学校時代に教育をうけた教師に嘆願して、ある年は十三人もイエズス会修錬院に入ることを許されています。

これらの日本人の特徴は偽善です。彼等は天性、外側は謙虚で冷静を装えますから、わが会士はそれに幻惑され、この連中の信仰心がヨーロッパ人ほど強くなく、修徳も不完全なことを知らず、また見抜けないのです」

これは一五七七年（天正五年）に来日し、巡察師ヴァリニャーノが関白秀吉に謁見した折、その通訳をしたジョアン・ロドリゲス修道士の手紙の一節である。

この手紙には有馬神学校など日本の神学校を卒えた日本人への手きびしい評価が書かれている。「教義に通達した者も、魂を救う道に大きな情熱を持っている者もない」「イエズス会に入会して、何をするのか、また選ばれて入会する者の使命がどんなに重大なのかも、わきまえていない」「外側だけを謙虚に冷静に装っている」「そのなかから司祭になる能力を持った者はいない」。要するにロドリゲスの考えによると有馬神学校を卒えた日本人たちは信仰心も足りず、基督教の神学をわきまえていない者が多く、聖職者になる資格はないと言うのである。

有馬神学校の創設者、ヴァリニャーノ巡察師は、将来の日本教会の支柱ともなるべき人材を養成するため、この神学校をつくった。にもかかわらず、創立以来十八年をへた後も、ロドリゲス修道士のように、神学校卒業生への手きびしい批判者が一人ならずいたことは忘れてはならぬ。ロドリゲスの批判が正しいか、否かはともかく、その日本人卒業生に司祭《パードレ》はおろか、修道士になる実力も信仰もないという気持がかなり多数の在留宣教師の心にあったことは、この手紙を見ただけでも窺えるのである。

たしかに外人宣教師の眼からみると、卒業生は司祭、修道士に必要なラテン語もたどたどしく、しかも基督教神学に根本的に通暁していないという欠点があったろう。だがこれは無理もないことで、当時の日本人には基督教を専門的に学ぶ大学もなく、また書籍にも恵まれていなかったのである。

けれども、ロドリゲスの手紙が一五九八年に書かれているのは注目に価する。一五九八年と言えば、ペドロ岐部兄弟が有馬神学校に入学する僅か二年前である。神学校卒業生への軽侮の眼は、兄弟が学業を卒えたあともそう変りなかったろう。というのはペドロ岐部は卒業後、同宿にはなったが、イエズス会に入会したいという彼の希望は認められなかったからである。それは彼もまたロドリゲス修道士のような宣教師の眼からみると「イエズス会に入会して、何をするのか、また選ばれて入会する者の使命がどんなに重大なのか、わきまえていない」一人にうつったであろう。あるいはペドロ岐部個人がまだイエズス会に入るほどの「教義に通達もせず、魂を救う道に大きな情熱を持っていない」と考えられたのかもしれぬ。

だがこうした一部の侮蔑的な眼を有馬神学校の卒業生たちは感じなかった筈はない。彼等のなかにはこれを一種の差別待遇と思い、ひそかな不満と不平を心に抱いた者もいたことも確かである。

世俗を棄てて信仰の世界に生きようとした彼等にもそれなりの俗的な野心はあった。それは宣教師たちと同じようにイエズス会に入り、聖職者になりたいという野心である。たしかに聖職者として一生を神に捧げると共に、人々の尊敬をもえたいという俗っぽい願いも、これら神学校卒業生の宗教心にまじりあっていたことは否定できぬ。この時期のペドロ岐部もまた、その一人だった。

だがそんな彼に与えられた仕事は同宿という仕事である。修道士でもなければ神父でもなく、教会の手伝いを行い、宣教師たちの雑用を果す使用人にすぎぬ。自分たちに教えてくれた宣教師たちの所属するイエズス会に入り司祭になりたいという野心は神学校を卒えた時から彼の心にあったが、彼の希望はまだ握りつぶされていた。

おそらく、この時期のペドロ岐部の心には暗い気分が鬱積していたにちがいない。宣教師たちのなかには前記のロドリゲスやあるいは前布教長のカブラルのように日本人がイエズス会に入ることを望まぬ者も多かったが、しかしそれでもある人数の神学校卒業生は入会を許され、更に勉学を続けるため、マカオに送られた者もいた。そうした好運やチャンスに恵まれぬのはこの青年にとって決して愉快ではなかった。

神から与えられた自分の生涯を謙虚に受け入れることが基督者の義務の一つだとは充分、承知していながら、彼はいつまでも同宿という下級な仕事に甘んじねばならぬことが不満だった。にもかかわらず、ペドロ岐部はやめようと思えばやめられるこの同宿の仕事を八年間も放棄していない。そして妻帯もしていないのだ。

同宿は聖職者ではないから、妻帯しようと思えば結婚できる。しかし、岐部が二十七歳までこの仕事にありながら妻をめとらなかったことは、この青年にいつの日か司祭になる夢がまったく消えていなかったことをはっきり示している。なぜなら、カトリック教会では聖職者になる者は妻帯してはならぬことが義務づけられているからだ。

こうして八年間、いつの日かイエズス会に入り、聖職者になることを心に誓いながら、岐部は教会や宣教師のための雑用を毎日働いた。その彼がどこで働いたのかはまったく資料がないが、おそらく長崎だったろうというのが上智大学のチースリック教授の推測である。家康が慶長十七年、有馬晴信の事件を契機として直属の家臣たちに禁教令を出して以後、有馬にも切支丹の迫害がはじまったが、長崎だけはまだまだ基督教は盛んだった。長崎とその附近には、当時、家康の眼をのがれて新しい教会さえでき、五万の人口のうち大部分が切支丹だったとさえ言われた。一時は「サンタ・マリアの時間（午後六時頃）には教会から子供たちの聖歌の声がながれ、町で遊ぶ子供もそれに応ずる」というほどだったから、他に行き場のないペドロ岐部もこの長崎にいたことはありうることなのだ。彼の卒業した有馬神学校もまたこの時期、長崎の唐渡山、それから「岬」で授業を続けていたのである。

誰にも自分の人生が突如として変る切掛も、その時期もわかる筈はない。神のひそかな意志がどのようにひそかに働くのか人間の眼には見えぬからである。ペドロ岐部の場合もそうだった。憂鬱な気持を胸ふかくかくしながら、同宿として教会と宣教師との雑用に走りまわっていた八年後の慶長十九年（一六一四年）、その生涯をまったく変えてしまう事件が突如、起った。

この慶長十九年の一、二年前から、江戸、京都、九州での切支丹迫害は次第にそのリズムを速めていた。先にものべたように慶長十七年には京都の教会が破壊され、家康の命令に服さない徳川家の家臣の制裁が行われた。有馬でも新領主、有馬直純の手で次々と家中の切支丹武士の処刑が行われた。大村でも天草でも家康の禁教令に追従する宗教政策がとられ、信徒にたいする締めつけは強化されていった。

だがこの慶長十九年の正月二十七日、家康は二度目の切支丹禁教令を公布した。これは第一回目の布告が駿府を中心とした局部的なものであったのにたいし、ひろく日本全国に発布されたものである。

本心では基督教に嫌悪感を持ちながら家康は秀吉と同じように南蛮貿易の利益を無視することができず、貿易と布教を不可分とするポルトガル人、スペイン人の要求を入れて最初は宣教師たちに寛大な態度をみせていた。ために関ケ原の戦以後も宣教師も信徒も秀吉の弾圧以来、はじめてしばしの春を楽しむことができた。日本人受洗者の数が急速にふえたのもこの時であり、基督教側の報告によると慶長十五年（一六一〇年）には信徒数七〇万にのぼったと言われる。

だがこの短い春は長く続かない。東洋貿易をめぐる旧教国の南蛮（ポルトガル、スペイン）と新教徒の北蛮（イギリス、オランダ）の世界的な争いの波が日本にも押し寄せてきた。その波のなかで日本も孤立しているわけにはいかなかった。慶長五年（一六〇〇年）大分に漂着したオランダ東印度会社の所有船リーフデ号の航海士、ウィリアム・アダムス（三浦按針）が家康に登用されてその顧問となると、家康の貿易政策に適切な助言を与えると共にスペイン、ポルトガルなど旧教国の領土的野心を強調し、これらの国の締め出しを画策した。

ポルトガルの東洋貿易がオランダに圧迫されて次第に日本でも衰えはじめると、家康は前よりは貿易と布教の不可分問題に悩まなくなった。慶長十五年（一六一〇年）の切支丹大名、有馬晴信と岡本大八事件を契機として彼は基督教禁制の決心をかため、第一回の布告の翌年、金地院崇伝に命じて長文の布告文を作らしめた。「爰《ここ》に吉利支丹《きりしたん》の徒党、適《たまたま》日本に来り、啻《ただ》に商船を渡して資財を通ずるのみには非ず、叨《みだり》に邪法を弘め、正宗を惑わし、以て城中の政号を改め、己が有と作さんと欲す。是、大禍の萌《きざし》なり」。この布告文には、前権力者秀吉と同じように、布教を利用した南蛮諸国の日本侵略への家康の恐怖がある。同時に、かつて信長や秀吉と同じように一向一揆の執拗な反抗を味わった家康が、宗教者の反乱がいかに怖しいかを思い出し、日本切支丹の団結が彼の統治政策に矛盾することを考えたこともはっきりわかるのである。

正月二十七日、発布された布告はかねてから予感されていたものとはいえ、日本中の切支丹教会と宣教師とを混乱に陥れた。秀吉の禁教令の日と同じように、これを一時的な嵐と考え、嵐の通過するのを待とうとする宣教師や信徒もいたが、事態はそう甘くなかった。京都では大久保忠隣が江戸幕府の命を受けてこの布告のきびしい実行にあたり、教会の破壊、信徒の逮捕と棄教の強制を開始した。棄教を肯んぜぬ者には拷問と威嚇とが次々と加えられ、宣教師とその援助者の名簿が作成された。そしてそのブラック・リストにのった外人宣教師たちと主だった信徒たちの国外追放まで決定されたのである。

追放命令を受けた宣教師たちは長崎に集るよう厳命を受けた。宣教師だけでなく、高山右近や内藤寿庵のような有力な切支丹武将までが日本に住むことは禁じられた。すべて秀吉の追放令とは比較にならぬ大規模で苛酷なものだったのだ。

長崎も混乱と興奮の渦に巻きこまれた。五万の人口のほとんどが切支丹であるこの宗教都市では、棄教する者と信仰を守ろうとする者、隠忍しようと主張する者と為政者に反抗しようとする者の二派に別れた。二月には、京から追われた宣教師が到着すると事態の重大さはますます、はっきりとした。イエズス会の宣教師は隠忍自重を説いて教会も閉じ、春の復活祭の行事も行わなかったが、フランシスコ会、ドミニコ会、アウグスチヌス会の宣教師はこれに反対して四十時間の祈禱大会を開いて気勢をあげた。彼等は自分たちの信仰の証《あかし》のためデモンストレーションを行うことを企て、復活祭のあと、受難を覚悟する大行列を次々と市中で行った。興奮は絶頂に達し、殉教の決心を叫ぶ彼等の大行進にさすがの奉行所もなす方法《すべ》はなかった。

だが、五月に入ると長崎奉行、長谷川佐兵衛と上使、山口駿河守との手で佐賀、平戸、大村の兵が集められ、長崎に戒厳令が布かれた。次々と教会がとりこわされた。しかし、有馬神学校だけは生徒たちを市中の富裕な信徒の家に寄宿させ、なお、授業をほそぼそながら続けようと試みた。その授業は十月のはじめまで続けられたようである。

追放令が出されたあと、集結した宣教師と有力信徒は二つのグループに分けられた。マカオに行かされるグループとマニラに追いやられるグループである。だが、彼等を乗せる船の準備が出来ていなかったので、季節風の吹く十月までこの二グループは長崎のそばの福田、木鉢、小善寺の三ヶ所に分散して藁小屋に抑留された。

それでも宣教師や修道士のなかにはひそかに迫害下の日本に潜伏し、なおも布教を続けようと計画をたてる者たちがいた。彼等は教会を失い、司祭を失った日本信徒たちの今後を考えると、甘んじて日本を去ることができなかった。彼等の最後の期待は緊迫した徳川と大坂城の豊臣家の戦いにあった。万一大坂城方が勝つならば、家康の切支丹禁止令は撤回されるかもしれぬ。それまで日本に潜伏し、情勢の変化を待ってみようと考えたのである。この決心をしたのは慎重なイエズス会員では総計百十二人のうち二十七名にすぎなかったが、熱狂的なフランシスコ会は十名のうちの六名が、ドミニコ会は九名のうち七名が、アウグスチヌス会では三名のうち一名が、実際、日本に潜み、当局の追及を逃れてその後も布教をひそかに行ったのである。

国外退去の日が決った。十月六日と七日の両日である。既に夏に到着していたマカオからの船は積荷をまだ売り払っていなかったが、長崎奉行所はこれ以上の遅延を認めず、その代り五隻の中国のジャンクがマカオ行きグループを運ぶことになった。

ペドロ岐部もまた宣教師や神学校時代の先輩たちと共にこのマカオ行きグループのジャンクに乗せられた。潜伏して残る者と日本を離れる者の二グループはこの日、永遠の別れをたがいに告げることになる。去る者がふたたび故国の地を踏むという保証はなかったし、潜伏した者はその日から危険と死とを覚悟せねばならなかった。

ペドロ岐部がこの時、日本に潜伏するグループに加わらなかった心理は私には興味がある。

たしかに彼はマカオに行けば自分には司祭になれる勉学が続けられると思ったのだ。マカオは有馬神学校の生徒たちにとって、明治期の学生がロンドンや巴里を夢みたように、憧れの留学地だったのである。ペドロ岐部は有馬神学校第一期の卒業生、セバスチャン木村やルイスにあい、はらが一五九四年、マカオに送られてそこの神学校で勉強を続け、七年後、長崎で司祭に任命されたことを複雑な気持で長い間、思い続けてきたのである。

そのマカオに行ける。彼にとって日本から追放されることは悲痛な別離だったが、同時にある希望も心に生れたことは確かである。迫害の嵐が吹く日本になつかしい人々を見捨てて去ることは心苦しかったとしても、そのために司祭になるチャンスが与えられるとするならば、彼はこう神に誓わねばならなかったであろう。「主よ、私が彼等を一時、見捨てることをお許しください。司祭になりたいのは私の個人的な野心のためではない。彼等のためなのです。だから私はふたたび、この日本に必ず戻って参ります」。この帰国の誓いがなければ、彼はおそらく、マカオに去ることに心の苛立を感じたにちがいないのだ。

五隻のジャンクに二十三人の宣教師、それから二十九人の修道士、それに岐部のような同宿たちが五十三人も乗りこんだ。船が長崎湾を出た時、潜伏を決意していた二人の神父が脱出を手伝いに来た信徒の小舟に乗り移ろうとした。一人が失敗し、一人は成功した。成功したのは有馬神学校の校長、ロドリゲス神父（前記のジョアン・ロドリゲスとは別人である）である。

危険はもう始っていた。ジャンクに残った者は小舟で去っていくロドリゲス神父を見送ったが、気持は悲壮なものだった。

五隻のジャンクには、岐部を有馬神学校で教えてくれた教師も先輩も同級生もまじっている。初代校長のモーラ神父は別の船でマニラに追放されることになっていたから、そこにはその顔はなかった。二代目校長のラモン神父は四年前、既に長崎で他界していた。ペドロ岐部が神学生時代、薫陶を受けたカルデロン神父も見あたらなかった。彼もまたマニラ行きのグループに入れられていたのである。

だが、この五隻のジャンクには岐部にラテン語を教えてくれたポルトガル人のディアス神父やラテン語と共に音楽の教授だったリベイロ神父がまじっていた。ラテン語の補習をしてくれた日本人修道士で諫早生れのコンスタンチノ・ドラードや伊予ジュスト、日本仏教に詳しいルイス内藤の顔もみえた。あの天正少年使節の一人だったマルチニョ原も神父として乗りこんでいた。

先輩では一期生の西ロマノや三期生の大多尾マンショ、四期生の進士アレキシス、ペドロ岐部より五年先輩の辻トマスや山田ジュスト、後輩では小西行長の孫の小西マンショや美濃出身のミゲル・ミノエス（日本名不明）もいた。生徒の身のまわりの世話をしてくれた守山ミゲルが加わっていた。

見なれたこれらの顔のなかで、そのうちの何人かがやがてペドロ岐部の数奇な運命を横切っていくのだが、それはまだ彼にはわからない。この追放の日、彼は自分より十七歳も年上で有馬出身の西ロマノと将来、あのシャムのアユタヤの日本人町で再会するとはこの時、夢にも考えなかったろうし、また、自分たちのグループとは別にマニラに追放される日本人たちにまじったミゲル松田と危険きわまりない帰国を共にするとも思わなかった。更に自分たちとは袂《たもと》をわかち、長崎のどこかに潜伏したポルロ神父が、いつの日か自分を裏切るとは夢想だにしなかったのだ。

船が湾を出ると海は荒れた。かつて天正少年使節たちも苦しんだあの南支那海の波濤を船酔いに耐えながら、六十名以上の追放者はマカオに向っていったのである。

一方、マカオ追放者の出発一日後、フィリピンに流される宣教師、信徒の船も日本を離れた。そのなかには高山右近や内藤寿庵のような切支丹武将とその家族もまじっていたが、船は小さく、乗客は多く、ためにその三十人が甲板や廊下に寝起きする始末だった。一ヶ月以上もかかったこの船旅は悲惨で、病人や死者が続出し、また大波の浸水を受けるなど文字通り、辛苦の旅だったのである。

だが、兎も角も二つのグループはそれぞれの目的地であるマカオとマニラとに向っていた。岐部にとってもはじめての海の旅であり、はじめて見るであろう異国だったのである。

一六一四年頃のマカオは今の衰微したこの町の面影からはほど遠い繁華な貿易港である。エドゥアルド・デサンデ神父の編纂した『天正年間遣欧使節見聞対話録』（東洋文庫）は使節の一人に「そこはポルトガル人のみならず、基督の教えに改宗した中国人もまた多く住んでいた。中国のすべての州から異教の商人が商品を携えて多く集り、ポルトガル人にとって殷賑《いんしん》な商業地であり、東洋のあらゆる国々からの多くの商人の来往する町である」とのべさせているが、その繁栄の最大理由は、日本に生糸を輸出し、日本から銀を輸入する日本との貿易にあった。したがって、町には中国人、ポルトガル人だけでなく、日本人の商人、留学生、奴隷、労働者なども あまた流れこんでいた。日本を離れてマカオの繁栄はなかったのである。

貿易だけではなく、この町は日本と中国との基督教布教の最大の根拠地にもなった。天正少年使節がここに往路と帰還の途中、滞在したのはよく知られているが、使節派遣の立案者である巡察師ヴァリニャーノは町の丘に修道院と学院《コレジオ》をつくり、そこを日本布教を志すイエズス会員の大養成所とした。学院では人文科学、芸術、神学の講義が行われ、セバスチャン木村のような有馬神学校の卒業生が留学したのもこの丘の学院である。

丘の学院は聖ポーロ学院とよばれ、二階建てで、教会を四方から囲む五角形の建物だった。

不幸にしてこの学校と教会とは一八三五年の大火で消失し、今日、マカオを訪れる者はその大火に黒く焦げた前面壁を見るだけである。だが、日本人切支丹たちもその建設工事に協力したといわれるこの建物は、一六〇二年の完成時にはうつくしいアーチ型の屋根を持ち、金箔と朱と青の壁を持ち、海上からマカオの丘を見あげる者の眼に何よりも早くうつっただろう。

一六一四年十一月、南支那海の苦しい旅を終えてやっとマカオに近づいたペドロ岐部たちも、この学院と教会とを舟から指さして声をあげたにちがいない。なぜなら、そこはこれから彼等の住家となる場所であり、ペドロ岐部たちには憧れの学校だったからである。

いつの日か司祭になりたいと願う岐部は聖ポーロ学院の名を神学校の教師やそこに留学した先輩たちから聞かされていた。不測の追放令によって日本を離れ、こうして見知らぬ異国に流されてきた彼だったが、このマカオの聖ポーロ学院で学べるという希望が苦しみをいやしてくれた。追放の地は同時に希望の地にもなった。海から、マカオの丘にそびえる教会と学院とを眺めた時、ペドロ岐部の心は悲しみと悦びとの入りまじった複雑なものだった。

だが、岐部たち日本の追放切支丹の気持とは裏腹に、マカオのイエズス会は当惑していた。彼等はやむをえぬとは言え、この日本人たちを受け容れたくなかったのだ。正直いってこれら追放日本人たちは「招かれざる客たち」だった。二十三人の神父、二十九人の修道士、五十三人の同宿を迎え入れるには聖ポーロ学院と教会との施設は狭すぎた。そして彼等をすべて養うことも経済的にむつかしかった。

こうした受入れ体制の不備のほかに、当時、マカオのイエズス会を当惑させたのは、町の中国人、ポルトガル人の反日感情である。かねてから倭寇の暴虐に悩まされていた明《みん》朝廷は、その前年（一六一二年）、広東の官憲に命じてマカオのポルトガル政庁に在住日本人の退去を要求し、事実、九十余名の日本人を追放している。その矢先にあまたの日本人がたとえ基督教徒であるとは言え、無許可でマカオにあらわれたことは、この町のイエズス会にとっては迷惑だった。

他方、マカオ在住のポルトガル人たちも、この頃、必ずしも日本人にたいして好意的ではなかった。特に先にもふれたように慶長十四年（一六〇九年）にマカオで有馬晴信の朱印船の乗組員がポルトガル人と喧嘩した事件や、ポルトガル船マードレ・デ・デウス号が長崎沖で有馬水軍に撃沈された出来事もあって、ポルトガル人の反日感情がくすぶっていた矢先だけに、聖ポーロ学院としては日本人たちを受け入れることは彼等を無用に刺激することになりかねなかった。

追放された外人宣教師たちはとも角、日本人たちはマカオのこの雰囲気をよく知らない。彼等にはマカオは骨を埋める第二の故郷になるべき町だった。日本を追われた自分たちを暖く迎えてくれる、と当然考えていた。ペドロ岐部のような青年はここで自分が司祭になる路も開けると空想していたのだ。

マカオに到着した追放者たちは上陸した日から自分たちが「招かれざる客」であることを知った。受入れ側がいかに努力しても気まずい感情が両者の間に生れはじめた。日本人たちは馴れぬ外国生活に神経質になり、受入れ側の善意さえ素直には受けとれなくなりはじめた。自分たちがマカオのイエズス会にとって「迷惑な居候」であることを彼らは次第に感じるようになった。

その上、マカオのイエズス会が悲鳴をあげたのは、この一六一四年の第一回の追放者につづいて、日本を逃れた日本人切支丹たちが次々とここに避難してくることだった。彼等に仕事を与え、最小限度の生活を保障することはここのイエズス会にはできないことだった。

日本人たちは市中の中国人やポルトガル人を刺激しないよう、できるだけ宿舎の聖ポーロ学院から出ないよう命ぜられた。一種の拘禁生活が若い岐部たちの神経をいらいらとさせた。

しかし最初の頃はまだ良かった。マカオのイエズス会は日本から追放された外人宣教師と相談の上、やがて日本に禁止令が解かれる日にそなえ、旧有馬神学校の日本人生徒や卒業生のために授業を行うことを決めたからである。アルヴァロ・ロペスというポルトガル人の家が教室のかわりに使われ、約五十人の日本人青年がそこで勉強することになった。ペドロ岐部も勿論、この授業に加わった。

教師のなかには彼が日本で神学校生徒だった頃、ラテン語と歌唱を教えてくれたヴィセンテ・リベイロ神父がいた。ラテン語担当である。日本人修道士のコンスタンチノ・ドラードもラテン語の補習授業をやってくれた。同じ修道士で摂津出身で、内藤寿庵の親戚にあたる内藤ルイスは日本の宗教批判の講義を行ってくれた。

自由を許されない毎日でも、とも角もこうして司祭になるために勉強が続けられている間はペドロ岐部たちはまだ夢があった。その上、マカオに着いてから宣教師も日本人切支丹たちも、いつか故国にたいして空想的な希望を持つようになっていた。それは前にもふれたように、徳川家康と大坂城とがやがて戦争をはじめ、もし豊臣側が勝ったならば、切支丹の禁制も解かれ、自分たちは日本に戻れるのではないか、というあの夢想だった。こうした希望的観測は追いつめられた人間の特有な心理によるものであり、同じような心理体験を戦争中、味わった我々はそこからも当時のペドロ岐部たち、追放された日本人の必死の心情を知ることができるであろう。

当時、このマカオにはイエズス会に所属しない一人の日本人神父が偶然滞在していた。岐部たちが日本から追放されてこの町にたどりつく三ヶ月前の八月に、彼はヨーロッパの留学を終えて長い船旅の後マカオに帰国の便船を探すため上陸したのである。

あとで詳しくのべるが、おそらく日本人としては二番目の欧州留学生であるこの男の名は荒木トマスという。前歴を知る資料もなく、有馬神学校の卒業生でもないこの男がどのような方法でヨーロッパに行けたのかもまったく不明だが、ローマの神学校で優秀な成績をあげた彼は、偶然このマカオで日本追放の同胞神学生や同宿に出あったのだった。

ヨーロッパに留学し、しかも彼の地で神父に叙品されたこの荒木トマスの存在は岐部たちにとってまぶしく、羨望にたえぬものだったろう。彼は岐部たちにヨーロッパに独力で行く方法を語っただろうし、またローマで神父になる手づるも教えただろう。

だがこの日本人神父は岐部たち追放切支丹にとって不気味な発言をするようになる。彼は自分の目で直接見た基督教国の東洋侵略の模様を語り、それを烈しく非難したのである。侵略の実態と教会との関係、教会がその侵略を黙認していることも語ったのである。この荒木トマスの発言に日本人切支丹がどのような反応を示したかはわからない。反撥する者もあれば沈黙する者もあったろう。だが問題は彼等にとって切実だった。なぜなら彼等をこのマカオに追放した日本の為政者たちは基督教の布教をヨーロッパの侵略主義と結びつけて禁制にしたからである。しかし宣教師たちはこの侵略主義を事実無根と主張する。為政者たちが正しいのか、宣教師たちが正しいのか。日本人切支丹は荒木トマスの発言にひとつの重大な問題をつきつけられたのだ。

この時岐部がこの問題にどのような考えを持ったかは資料がない。おそらく彼はそれについて沈黙を守らざるをえなかったのだろう。だがやがて結論を出すことを避けたこの問題は彼自身の問題にもなる筈だ。

マカオで出会ったこの荒木トマスは岐部たちにまぶしい存在であると同時に不気味な存在になった。だが荒木トマスはその翌年、このマカオから日本に密入国を企て成功している。基督教国の侵略を肯定できなかった彼だが、この時、まだその信仰をも捨てたわけではなかったことは密入国後四年にわたって日本で潜伏布教を続けていることでもわかる。

荒木トマスは岐部たちにヨーロッパへの独力留学もできるのだということを教えた。その言葉は岐部たちにまた、あたらしい夢を与えた。

日本を見すてて

マカオのイエズス会からは「招かれざる客」と迷惑がられたが、それでもペドロ岐部たちマカオに逃れた追放日本人たちはまだ倖せだった。この町である程度の屈辱や不便を味わわねばならなかったにせよ、生命の安全は保障され、その信仰を守ることができたからである。のみならず、これら神学校の卒業生や生徒はわずか一年の間にせよ、勉学を続けられたのだ。

マカオを訪れ、黒く焦げた聖ポーロ教会の前面壁の前にたたずむたび、私はペドロ岐部たちが故国の日本人信徒の苦しみをどう思って、ここに住んだのか、といつも考えざるをえない。彼等は信仰と身の安全が許されたこの学院に住みながら、長崎や有馬に残した日本人信徒に後めたさを感じなかったのか。

いかに弁解しようともペドロ岐部たちは日本の信徒を見すてて、このマカオに来たのだ。家康の国外大追放令に従わねばならなかったとは言え、彼等の先輩や外人宣教師のなかには敢然として日本に潜伏することを決意し、それを実行した者たちがいた。この宣教師や同宿たちはやがて始まる迫害のなかで、孤立している日本人信徒を放棄することができなかったのだ。安全のなかの信仰の保障よりも、苦しみのなかの連帯を彼等は選んだのである。

これらの人々と自分たちとを比べあわせた時、ペドロ岐部たちが後めたさを感じなかっただろうか。事実、この後めたさに耐えかねて、マカオからふたたび迫害下に戻ろうとした何人かの外人宣教師や日本人たちがいる。たとえば伊太利宣教師のアダミ神父はマカオに着くとただちに日本に戻っている。イエズス会のパセオ神父やゾラ神父、日本人の修道士ガスパル定松もマカオから間もなく日本に引きかえしている。彼等は残した日本信徒を遂に見すてることができなかったのだ。

安全な場所でおのれの信仰を守りつづけるべきか。それとも切支丹禁制の日本に引きかえし、日本人信徒と苦しみを分ちあうか。それは当然これらの帰還者を見送るペドロ岐部たちの心の問題になった筈である。

だが、ペドロ岐部は頑なに帰国しない。マカオに残っている。彼もまた、その気にさえなれば日本に戻る外人宣教師や日本人修道士の舟に乗り、九州に潜行することはできたのだ。

けれども岐部たちがこの行動に出なかった心理が私の興味を引く。そして、この時の心理がその後の彼の生涯にどういう影響や痕跡を残したかを見逃すわけにはいかない。いずれにせよ、岐部たちは安全なマカオで勉学を続ける余裕はあったのだ。

岐部たちにくらべ、大追放令のあとの日本の基督教徒たちの生活にはそんな余裕などなかった。幕府は日本在住の宣教師がすべてマカオ、マニラに移ったと信じていたが、実は四十六人の神父、修道士たちが日本に潜伏していた。信徒たちにひそかに助けられて彼等は村の納屋や山中の洞窟のひそかな隠れ家にひそんだ。「忍び出ようとして、入口を覗けば、窓は二つの拳ほどの大きさしかなかった。私はここに六十日間、むしむしする暑さのなかに留っていた。町に出かけても発見される危険があったので、また洞窟に戻った」とある潜伏神父は書いている。

「司祭たちは……囚人のような生活をして、ほとんど空気も日も届かぬ隠れ場所にひそみ、……湿気をうけ……小量の米と数匹の魚と塩菜という実のない食事で、ようやく露命をつないだ。足は血にぬれ、身体は痩せほそり、ならず者のように、夜、外に出るのだった」（レオン・パジェス『日本切支丹宗門史』吉田小五郎訳）

信徒たちもこれらの潜伏神父たちに自分のまずしい食事をさき、その行動を助け、警吏たちの探索があれば、ただちに隠れ家の神父に通報した。日本の基督教史のなかでこれほど聖職者と信者とが一心同体となり、原始基督教会にも似た強い団結力でおのれの信仰を守ろうとした時期は他にないだろう。

だが迫害者も決して手をこまねいてはいなかった。大追放令直後の迫害の度合は各地方によって違ったが、そのうち最も苛酷だった地方の一つは、ほかならぬ有馬領内である。かつては大村、長崎と共に領主、有馬晴信の保護を受け、切支丹王国の観があったこの有明海の土地は晴信の息子、直純と長崎奉行、長谷川藤広（左兵衛）の手によって大追放令以後も更に烈しい弾圧が行われた。

有馬では棄教の強制と拷問が行われたのは日之枝城内の有馬神学校《セミナリオ》があった場所である。領内の庄屋や乙名《おとな》がここに出頭を命じられた。「兵士たちがその周囲をかため、中央には一束の縄の鞭を持った二十人の警吏が待っていた。切支丹たちは鉄の鉤《かぎ》で髪や耳を押えられ、引きずられ、殴打され、素裸にされ、足をくくられ、挫かれ、泥まみれの草履で顔まで打たれた。これは日本の習慣では一番ひどい侮辱だった」（前出『日本切支丹宗門史』）

昔、そこで神学校《セミナリオ》の生徒たちがラテン語を習い、聖歌やオルガンの響きが流れていたその同じ場所が、今や虐待と拷問とで血まみれの場所に変った。それにも耐えてなお棄教を肯んぜぬ者七十人は両足を板にはさみ、締めつけ、踏みつけるという別の拷問が加えられた。棄教する者となおも信念を棄てぬ者。信念を覆さぬ者は裸にされて斬首された。

有馬神学校が一時、避難したあの有家村でも同じような地獄絵が展開された。指を切られ、鼻をそがれ、曝され、引きまわされ、そして最後は首をはねられた信者もいた。

巡察師ヴァリニャーノがそこで有馬神学校の創設を提案した口ノ津でも、そのヴァリニャーノが住んだ教会の跡で三日の間、すさまじい拷問が行われた。骨を折られる者がいた。大きな石を頭につるされ、逆さづりにされる者もいた。額に熱した金属で烙印を押される者もいた。足の筋をぬかれる者もいた。そしてある者たちはそのために死んでいった。

信徒だけでなく、有馬直純たちは自らの家臣にも容赦なく刑罰を加えた。重臣四人は指と鼻とをそがれ、十字架の烙印を額に押された。怯えた信徒たちは山中に逃げた。

長崎地方に潜伏していた神父たちはこれらの信者たちを励すため、ひそかに有馬に赴こうとしたが、どの街道も厳重な見張りがあり、彼等と連絡をとることはむつかしかった。わずかに船で海に逃れた信徒たちとようやく接触できただけだった。

潜伏宣教師たちのなかには勿論、有馬神学校の教師だった神父やその卒業生たちもまじっていた。伊太利名門のスピノラ家の出で、有馬神学校では教師としてではなく、日本語を学ぶために在籍したスピノラ神父は、大追放後も長崎にかくれた。先にふれた有馬のすさまじい迫害の報告書を書いたのもこの神父である。四年の間、彼はさまざまな危険な目に会いながら、幸運にも助かったものの、四年後の一六一八年の冬、遂に逮捕されている。

天正少年使節の一人で有馬神学校の卒業生でもある中浦ジュリアンもまた同僚や神学校の先

輩たちとマカオに赴かず、日本に潜伏した。彼は口ノ津にひそみ、また九州南部に潜行して、ひそかに布教を続けた。一五八五年にやはり神学校に入学した島原出身の石田アントニオ修道士も中国地方に行き、広島を中心に警吏の眼をかすめて信徒たちをたずね歩いている。

そしてペドロ岐部が弟と共に有馬神学校に在学していた頃、日本語を習得するためにこの学校に在籍し修辞学の教師にもなったポルロ神父もまた長崎を脱出して大坂に向った。豊臣秀頼と淀君の住む大坂城にはかなりの切支丹信徒がいたため、その信徒たちと連絡をとり、彼等のなかで布教を続けるためである。

これら潜伏宣教師たちは、各自勝手には行動せず、少数ながらも追放以前と同じような秩序ある組織を作り、上司の命に従って行動をした。だがその毎日は、先にもふれたように当局の追及を逃れるために、ある者は洞穴や土中の穴に忍びかくれ、たとえ家に住むことがあっても二重壁を作り、外部にわからぬように生活せねばならなかった。

「私たちはいつも壁の中の暗がりにかくれている」とその一人の神父は書いている。「私たちの生活は夜になると、昼いた家を出て次の家に行くが、どの家にも一夜以上はいないことにしている。呼ばれた家に行くと、まず病人の罪の告白をきく。またその家に信徒が集ってくると、彼等の罪の許しを与える。それは町の木戸のしまる時刻、夜の十時頃まで続く。そしてその夜をすごす家で眠る」

だが彼等はいかに注意を払っても、いつ警吏に襲われるかもしれなかった。拷問に耐えかねた信徒のなかに、神父たちの居場所を白状する者もいるからである。潜伏神父たちには信徒の誰が信じられ、誰が信じられぬかを前もって予想などできなかった。信じられると思った者も拷問にいつ転ぶかもしれない。連帯感と共に警戒心も持たねばならぬ同志のなかで、神父はただ信徒に自らの運命を託するほかは仕方がなかったのである。

この時期、信仰を守ることとはもはや戦いと同じだった。潜伏宣教師たちは信徒たちに永遠の至福は拷問にも耐え、死の恐怖にもうち勝って棄教しなかった者に与えられ、一方その理由が何であれ、敵側の威嚇に屈して信仰を否定した者は地獄に墜ちるとさえ、はっきりと教えていた。「武士は戦場に命を捨て危きを省みずして所領を求む、況や天の国に於てをや」(『殉教《マルチリヨ》の勧め』)

信者の棄教はたとえ、表面的、便宜的なものでも日本の教会は決して認めなかった。「切支丹を転びたる重科、損失、御罰などは、真実より転びたる者も、面向きばかりに転びたる者も、御罰にへだてあるべからず。是に付いては、イエスの御言を聞け。人の前にて吾を陳ずる者をば、吾もまた父なる神の御前にて汝を見知らずと云うべき、と宣うなり。またその御言に、誰も二人の主人に仕えることを叶わずと見えたり。

面向きばかりに転ぶことも切支丹のためには、大きに悪しき鏡となり、ゼンチョ(非基督教徒）の為には神《デウス》の御法の深き瑕瑾となるものなり。……また多くの人、面向きばかりには転ぶと雖も、ゼンチョはその心中の臆病をば知らずして、貴き基督の御宗門を浅く思いなすなり。もし、この基督の宗門に於て、たしかなる後生の助りを見付けたるにおいては、この僅かなる現世には代ることあるべからず……面向きにばかり転ぶ切支丹とても、御法に大いなる恥辱を懸け、イエスの貴き御名を汚したてまつる重罪は更に遁れがたきなり」（『殉教の勧め』）

迫害者側の迫害もすさまじかったが、宣教師の信徒にたいする要求もこのように苛酷で厳しかった。いかなる責苦にも耐え、殉教によって天国《パライソ》を獲るか、それともそれ以外の生き方をして地獄《インフエルノ》に堕ちるか、この二つしか切支丹の今の生き方はないのだ、と日本の信徒たちは教えられたのである。「今、このごとく覚悟、確かにして死することは、かえって、かたじけなき主《デウス》の御恩なりと思いとりて、この死するを科《とが》おくり（罪の償い）の捧げ物とせば、その成敗は即ち科《とが》おくりとも、又は大きな功力ともなる事なり」（『殉教の勧め』）

こうして二つの人間が分れた。おのれの信念を貫き通すために拷問に屈せず死も怖れぬ強者と、拷問と死に怯えておのれの信念を棄てる弱者と。大追放令以後、日本の切支丹は強き信仰者になるか、弱き転び者になるかのいずれかに生きねばならなかった。彼等には救いの希望のほかに心を励す武器はなく、祈ることのほかに身を守る武器はなかった。

彼等はもはや十年前、二十年前の信徒のなまやさしい生き方はできなかった。静かに祈り、静かに神を考えることもできなかった。神《デウス》はなぜ、このような苦痛を与えたのか、神《デウス》はなぜ、黙っているのか、という思いだけがすべての信徒たちの心を苦しめた。潜伏宣教師たちはそれでも彼等の疑問に、それこそ神《デウス》の愛であり、慈愛なのだと教えた。

この時期、信徒たちに語る潜伏宣教師の説教は殉教の心得に集中している。「殉教に逢うべき時、人間の力ばかり頼むに於ては、いかでか荒けなき苦患を耐うべきや。さりながら殉教者《マルチル》になることは自力に非ず、ただ主《デウス》の御力らを頼み奉らずして叶わざることなり。御奉公の道には、命をも捧げ奉ると思い切って、御合力に頼みをかけ奉るに於ては、いかでか主《デウス》より放し給うべきや。この頼《たの》もしきさえ、あるに於ては、耐え難きと思う苦しみはあるべからず」(『殉教の勧め』)

宣教師たちは基督もまた責苦と十字架上の苦しみを味わったことを強調する。「苛責を受くる間は、ジェズス（イエス）の御受難《パッシヨン》を目前に観ずべし。主《デウス》をはじめ奉り、聖母《サンタ》マリア、諸の安如《アンジヨ》（天使）聖者《ベアト》、天上より我が戦を御見物なさん、安如（天使）は冠をささげ、わが魂《アニマ》の出《い》ずることを待ちかね給うと観ずべし。このみぎりに及んでは主《デウス》より格別の御合力あるべければ、深く頼もしき心を持つべし」(『殉教の勧め』)

だがこのような厳しい要求と励しにもかかわらず、拷問と死との恐怖に耐えかねた信徒のなかには転ぶ者も続出した。信徒たちは言うまでもなく、宣教師たちが最も期待した神学校出身の者にも、いや、神父のなかにさえも棄教する者がいた……。

マカオにいるペドロ岐部たちにも日本の迫害の模様はかなりにわかっていた。マカオにはペドロ岐部たち以後にも続々と日本信徒たちが避難してきたからである。彼等や、また潜伏宣教師たちが送る手紙からマカオでは日本の情勢をある程度までは摑んでいた。

有馬や長崎でその学業生活を送った岐部たちは昨日まで自分と信仰を共にしていた人々が今日、どんな責苦に会っているかをその都度、知らされた。しかも自分たちが学んだ有馬神学校の学舎が拷問や処刑の場所になったことを聞かされた時、彼等は胸をしめつけられる思いであったろう。神学校は一転して呻き声と恐怖の場所に変ったのである。

にもかかわらず、彼等はそれら迫害を受けている日本信徒の遠くにあった。繰りかえすがマカオに生活するペドロ岐部たちは、日本と日本信徒を見すてたのである。安全な場所に逃れたのである。いかに自己弁解しようと彼等は基督教の言う「苦しみの連帯」を日本信徒と断ち切ったのである。

彼等は帰国すれば、自分たちにどんな運命が待っているかを知っていた。帰国すれば彼等もまた潜伏宣教師と同じように、洞穴や壁のなかにかくれ、昼は息をひそめ、夜になってから蝙《こう》蝠《もり》のように動きまわる生活をせねばならぬ。たえず追手の眼をくらまし、逮捕される危険と闘いながら生きていかねばならぬ。

だが、生活上の不便やある程度の屈辱はあってもここマカオではペドロ岐部たちに日本の信徒が味わっている危険はなかった。死の恐怖もなかった。安全も保障されていた。そしてペドロ岐部たちは今、この安全圏内に生活することができたのである。

ペドロ岐部たちは日本に戻る生きかたを選ばなかった。はっきり言えば、彼等は同胞の苦しみに眼をつぶった。殉教の機会を遠くに追いやったのである。

おそらく、この時の彼等の心には次のような自己弁解が起こっただろう。「自分たちはまだ同宿にすぎない。同宿として日本に帰国しても、信徒たちのために何をしてやることができよう。神父たちのように彼等に罪の許しを与える資格もなければ、臨終の秘蹟を授ける権限もない。彼等の苦しみにたいして実際的な助けは何ひとつ、できないのだ。だから自分たちはやがて神父となる日まで帰国を延しているだけだ」

たしかにこれは事実である。ペドロ岐部たちはまだ聖職者にはなれぬ日本人同宿にすぎなかった。故国に戻っても彼等は、死にたえず曝されている信徒たちに力と勇気とを与えるあのミサもたてられねば、また棄教を悔いる転び者たちに罪の許しを与える資格もなかった。彼等が日本に引きあげても神父たちのような形では信徒たちを助けられなかったのだ。

だがそれにしても自己弁解は自己弁解だった。ペドロ岐部たちが同胞の苦しみから遠ざかり、その連帯から離れた事実は否定できないのだ。第一にそれはマカオの上司や聖職者たちの命令によるものではなかった。先にもふれたように、マカオの聖職者たちは万が一、日本の状勢が変る日があるかもしれぬと考え、一時は旧有馬神学校の生徒や卒業生にマカオ市内の一信徒の家で勉学を続けさせたこともあった。状勢が変るのは大坂城の豊臣家と徳川家康の戦いが起り、豊臣家が勝った場合である。だが元和元年、大坂城が落城し、その希望がまったく裏切られた時、授業は停止され、生徒、卒業生はマカオで持て余された存在になったのである。彼等がどうしても帰国しようとすれば、必ずしも上司はそれを妨げたり、とめたりしなかっただろう。のみならず、これも先にのべたことだが、迫害下の日本に次々と宣教師たちが潜入している。大追放の後、一、二年の間に日本に密入国した宣教師の数は記録に残っているだけでも二十人近くいる。二十人近くも密入国したということは、きびしい探索や監視にもかかわらず、日本人信徒たちが必死になって彼等を助けたからにちがいない。このように帰国の可能性はあり、潜入は不可能ではなかったにかかわらず、ペドロ岐部たちが日本に戻らなかったのは上司命令ではなく、彼等の自発的な気持からだった。

ペドロ岐部たちがマカオに追放されたその年の十一月から、日本では徳川家康の大坂城攻撃がはじまった。戦いは一時、中断した後、翌年の四月に再開し、五月には太閤秀吉が長年の歳月をかけて築いた巨城は炎に包まれ、大坂城夏の陣は家康の徹底的な勝利に終った。

この半年の間、切支丹にとって幸運だったのはそれまできびしかった追及の手が一時的にゆるんだことである。

マカオやマニラの宣教師たちは切支丹を弾圧する家康がこの戦いで敗れることを、ひそかに望んでいた。大坂城のなかには切支丹大名、大友宗麟、高山右近、そして小西行長の家臣たちが加わっている。また黒田長政の家臣で切支丹ゆえに追放された、明石掃部のような熱心な切支丹武将もまじっている。もし、大坂方が勝利をしめれば、ふたたび布教の自由が許されるかもしれぬ——その一縷の望みをマカオやマニラの宣教師たちはこの戦いに賭けたのである。大追放令後、マニラから潜入した宣教師のうち二名が四名の潜伏宣教師にまじりその大坂にかくれ住んだのもそのためである。この一人がかつて有馬神学校でペドロ岐部たちを教えた伊太利人司祭ポルロ神父だった。

だが彼等の期待はすべて裏切られた。城も町もすべて煙と炎に包まれ、市中に略奪、暴行、虐殺がはじまった時、これら神父たちもまた逃亡する避難民にまじって脱出を試みた。トルレスという宣教師は明石掃部の屋敷から逃げ、暴行と略奪に酔う徳川軍の雑兵のため丸裸にされ、従った同宿を殺され、六マイルの間、死体を踏んで岸和田に逃れている。ポルロ神父もこの火災の間、一切支丹の告解をきき、一人の未信者に洗礼を授けたが、明け方、やっと郊外に逃れた時は既に衣服は奪われ、ぼろになった襦袢を身にまとっているだけだった。奇蹟的にも彼は徳川軍の陣営を通過して、当時、まだ切支丹に寛大だった伊達政宗軍に保護を求めることができた。

一方、この戦いのニュースは不幸にも間違ってペドロ岐部たちのいるマカオに伝わった。いや、間違ってというよりは事実が秀頼方の勝利をひたすら望んでいる日本切支丹たちの幻影のなかで歪曲されたのである。大坂側が勝ったという誤報を聞いた時、ペドロ岐部たちは歓声をあげたであろう。宣教師たちにもふたたび日本に戻り、自由に布教できるという希望が甦ったのである。

彼等は有馬神学校の校長だったコーロス神父をただちに日本に送り、勝利を獲た豊臣秀頼を訪問させる手筈をととのえた。一六一五年の夏、コーロス神父はマカオを発し、長崎に潜入した。そして事実を知って愕然とした。

徳川政権が確立した以上、切支丹弾圧が更に強化されることはもう明らかだった。コーロス神父の報告に絶望したマカオの聖職者たちはもはや日本にたいする積極的な布教を断念せざるを得なかった。巡察師ヴィエイラ神父と管区長カルヴァリオ神父とは日本人神学生や同宿をこれ以上、司祭にする必要はなしと考え、日本人五十人のうち、四人だけに勉学を許して他の者は放置することに決めた。アルヴァロ・ロベスの家で行われていた授業はただちに停止された。こうして長い間の逆境に耐えながら続いていた有馬神学校は日本ではなく、このマカオで完全に廃校となった。そして二度とこの学校は再建されない。残るのはただこの学舎で学んだ日本人たちの運命だけである。

　こうして放りだされた日本人たちのなかにペドロ岐部もまじっていた。岐部たちは鬱々とした気持のなかで毎日を送った。自分たちが不当な処置を受けたと不満を抱く者もあれば、神父になる希望を断たれたことに怒りを感ずる者もいた。そうした日本人たちの気分を察知したマカオの聖職者たちも彼等に批判的な眼をむけた。

　将来の路は二つしかなかった。ひとつは日本に戻ることである。戻って日本に潜伏し、同胞信徒と迫害の苦しみを分ちあう生き方である。もうひとつは、もはやマカオの外人聖職者たちに頼らず、あの荒木トマスのように自力で神父になる勉学の路を見つけることである。

　二つの路のなかからペドロ岐部は後者を選ぼうと思った。彼はまたしても帰国し、死の危険に身を曝すことを回避したのである。殉教を遠ざけたのである。故国にあって同じ信仰ゆえに迫害されている同胞に一時、眼をつむる路に進んだのだ。それは先にものべた同宿にしかすぎぬ彼等の無力感がこの路を選ばせたことは確かであろう。まず神父となり、神父となってから同胞信者を助けるのだという自己弁解も彼の心に起ったことは推測できる。しかし結果の上では彼が故国にいる信徒たちから離れたことも事実なのだ。

ペドロ岐部たちのこの時の心理を右のように分析することは苛酷かもしれぬ。しかし、彼がたとえ純粋な気持で神父になるまでは日本に戻ることを欲しなかったとしても、それはマカオの聖職者や上司には世俗的な野心、個人的な野望とうつったことは確かである。当時の巡察師ヴィエイラ神父はペドロ岐部たちを手きびしく報告書のなかで批判している。

「この若者たちは神父になり、それからその身分で日本に帰るつもりでいる。神父であることは日本では名誉であり、利益でもあるからである……。しかし彼等は新信者であり自尊心強いあたらしがり屋だ」

巡察師ヴィエイラ神父はこの報告書のなかでペドロ岐部たちの信仰をあまり信用していない。名誉と利益とのために神父になった者がたとえ故国に戻っても、その信仰はぐらつきやすく、もし、ぐらついた場合は迫害に苦しむ信徒に及ぼす悪影響はあまりにも大きいだろうとさえ指摘している。

これはヴィエイラ神父の誤解だろうか。事実日本にふたたび戻った前記の有馬神学校の校長コーロス神父はマカオの聖職者がマカオの旧有馬神学校生徒たちを本当は理解していないとその手紙のなかで訴えている。だが、たしかに多くの誤解があったにせよ、ペドロ岐部たちがそう見られたことは事実である。そして彼等の心にも「神父であることは日本では名誉であり、利益でもある」という個人的、世俗的野心がまったくなかったとは誰も言えないであろう。巡察師ヴィエイラ神父の批判は部分的に当っていたかもしれないのだ。

いずれにせよ、マカオでは旧有馬神学校の生徒や卒業生はもう学ぶべき場所も働くべき場所も失った。ペドロ岐部はごく少数の仲間とこのマカオを離れ、自力で神父になる路を切り開こうと相談しあった。だがマカオを去って何処へ行くべきか。彼等はここの上司たちが自分たち日本の同宿を批判的な眼で見ていることを知っていた。その眼がある限り、たとえマニラに移ったとしても、彼等は快く迎えてはもらえないだろう。推薦状と許可書がない以上、彼の地で神父となるべき勉強を続けることは不可能だった。

ならば方法は一つしかない。あの荒木トマスに教えられたようにまず印度のゴアに行く。ゴアには司祭養成の学院があるからである。そしてゴアでも見込みがないのならば、あの聖都ローマにまで赴こう。ローマならば、たとえイエズス会からの推薦状がなくても、荒木トマスのように神父になる勉学の路はみつかるかもしれない。

おそらく若い彼等はこの時、充分な見通しも周到な準備もなく、溺れる者、藁をも摑む気持で最後にはヨーロッパに行こうと話しあったにちがいない。

そう、誰の支援ももらえない彼等には、綿密な計画などたてようにもたてられなかったのだ。

ゴアに行き、そこで駄目ならヨーロッパに行く。彼等はそのヨーロッパまでの路のりがどんなに困難な旅であり、その途中、どんな危険に遇うかもあまり気にしなかった。それは行きあたりばったりの冒険留学だった。だがいつの時代の若者も同じように、冒険だから彼等を興奮させ、昂揚させたのである。

ヨーロッパに留学した日本人。それは彼等の前に既に二人いた。最初の日本人留学生は洗礼名ベルナルドという鹿児島の青年で、あのフランシスコ・シャヴィエル神父が日本に来た時、この青年を見つけ、欧州に留学させている。もう一人は前述した荒木トマスである。

ヨーロッパがどんな場所か、ペドロ岐部たちも、この時は多少は知っていた。有馬神学校の先輩には天正少年使節として派遣された伊東マンショや中浦ジュリアンがいたし、この先輩や外人教師の口からスペイン、ポルトガル、ローマの有様は耳にしていたからだ。あるいは自分たちもそれらの国、その都に行けるかもしれぬという思いはペドロ岐部たちにふたたび希望を与えた。国東海賊の血を祖先から受けた岐部には、海を渡って遠い国に行くことは血が騒ぐ思いだったであろう。

だが、そうした昂揚した気持と同時に後めたさもそれなりにその心につきまとった。彼等は日本信徒を見放して、祖国とは反対の国々に赴こうとしているのだ。この後めたさは後にペドロ岐部の生涯に大きな影を落したように私には思われる。

豊臣一族を滅亡させた徳川政権は日本統一政策のためにも切支丹禁制令を更に強化する方針をきめた。大坂冬の陣、夏の陣の終結から家康の死まで、やや、この禁止令が緩和された一時期もあったが、家康のあとを継いだ秀忠は断乎として禁教令をきびしく施行することを諸侯に命じた。ペドロ岐部たちがゴアに出る船を待っていた一六一七年の頃、日本には外人、日本人あわせて五十人ほどの潜伏宣教師が相変らず死の危険に身を曝しながら、ひそかに布教を続けていた。しかもそのうち何人かは捕えられ、次々と殉教していたのである。そのような日本を見すて、おそらく一六一七年か一六一八年のはじめ、ペドロ岐部たち数人の同宿はマカオから船に乗った。

砂漠を横切る者

鬱々としてマカオに滞在していたペドロ岐部たち日本人同宿が意を決してこの町を離れたのがいつかは、正確にはわからない。それは前章でふれたようにおそらく、それは彼等がもはやマカオで勉学を続けることができなくなった一六一七年か、その翌年の一六一八年のことだろう。わからないといえば、その脱出した同宿たちの名も、岐部のほかは美濃出身のミゲル・ミノエス（日本名不明）と小西行長の孫と推測される小西マンショのほかは不明である。勿論、人数もはっきりしない。

日本を追われた彼等に、印度まで向う充分な旅費があったとはとても考えられぬ。のみならず彼等が勝手にマカオを去ることを上司たちはとめはしなかったものの、快く許したわけでもなかった。おそらくその出発をマカオの聖職者は冷やかな眼で見ていただろうし、旅費のない日本人たちは印度に海路、向ったにせよ、旅客としてではなく臨時の下級船員として船に乗ったにちがいない。

このように資料の欠乏はペドロ岐部たちが印度に渡ったことだけは伝えてくれても、彼等が印度の何処で何をしたかを、まったく知らせてくれない。しかし当時の状況や神父になりたいというこの連中の悲願から見ても、一行がまず印度のゴアを目指したことは確実である。

東洋のリスボアと言われたポルトガルの東洋進出のこの根拠地は人口、最盛期が三十万、当時の西洋の大都市に匹敵する盛況を示していた。街はマンドヴィとよぶ大河に面し、幾つもの丘を持ち、丘と平地は故国ポルトガルを思わせる教会、宮殿、修院とがあまたの人家にとり囲まれて建っていた。回教徒が長い間、支配していたこの町が一五一〇年にポルトガル領になってから基督教の宣教師たちがリスボアから来る印度洋艦隊に同乗して布教のため渡ってきたが、最初はフランシスコ会がその活動にあたり、後に、イエズス会がそれを受けついだ。ここを東洋布教の根拠地としたフランシスコ・シャヴィエルは、フランシスコ会が建てた聖ポーロ学院という学校を自分たちのイエズス会の管理におき、有馬神学校よりももっと高度の教育をヨーロッパ人と現地人とに行った。一五四七年に、そのシャヴィエルがマラッカで出あった日本人ヤジロウもその聖ポーロ学院でしばらく基督教を学んでいる。

ヤジロウだけではない、ペドロ岐部たちよりも前にこのゴアを訪れた何人かの日本人がいる。シャヴィエルが日本から帰国した一五五一年の十一月、彼の船には大友宗麟がゴアのポルトガル総督に派遣した上田玄佐という使節が同乗していたし、シャヴィエルの弟子となり、日本最初のヨーロッパ留学生としてスペインに赴いた鹿児島出身のベルナルドや、山口出身のマテオとよぶ日本人も一行にまじっていた。彼等は共にゴアに滞在したのである。それから三十年後、ペドロ岐部たちにとっては有馬神学校の先輩にあたる天正少年使節たちがヨーロッパ旅行の往復にこのゴアに寄り、かなり長く居住していたことはよく知られている。

有馬神学校で先輩にあたるこの天正少年使節や教師の宣教師たちからペドロ岐部たちはゴアの聖ポーロ学院の話は聞いていただろうが、哲学、神学、音楽、ラテン語、美術、科学の部門を八十人の教授が教え、三千人の学生を持つこのポーロ学院は日本の片隅の小さな有馬神学校などとは比べものにならぬ大学だった。

ゴアまでの海路、日本人同宿を乗せた船がどの国、どの港をまわったかは不明だが、彼等は生れてはじめてアジアの国々と、自分たちと違った民族と人種とを見た。亜熱帯の強烈な光と色彩とは彼等を陶酔させただろうが、それと共に彼等は自分たちより先にここを通過した荒木トマスと同じように「見るべきではなかったもの」も目撃した。

「見るべきではなかったもの」かつてヴァリニャーノ巡察師が天正少年使節の少年たちを同じ航路で異国に送った時、この「見るべきではないもの」を見させぬよう苦心したことはその書簡からも窺える。だが少年使節の一人、千々石ミゲルはその「見るべきではないもの」を目撃して後に背教者となった。

見るべきではないもの。それは基督教国の東洋侵略の具体的な姿である。マカオで荒木トマスが語ったことは本当だったのだ。たとえばこのゴアも一五一〇年、ポルトガルのアルグケルケ将軍が占領し、回教徒六千人を殺してこの島をポルトガル領としている。そしてゴアが植民地となると、フランシスコ会やイエズス会の宣教師が渡来して、住民の布教にあたった。この順序は他の植民地の場合も同じであり、侵略を基盤としてヨーロッパの基督教が世界各地に拡がった一つの例だった。

布教のために侵略があったのか。勿論、そうでないことは明らかである。しかし当時のヨーロッパ教会が、布教の拡張のため、東洋や新大陸やアフリカの各国侵略を黙認したことは否定できぬ。この時代の宣教師たちには独立して異端の宗教を信ずる国民よりも、基督教国に征服されて改宗する民族のほうがはるかに幸福だ、という考えがあったからである。

だが侵略される側、征服される側の国民にとっては、侵略と布教とは不可分のもののように見えたとしてもふしぎではない。欧州への旅の途中、その帰国の途中、天正少年使節の一人の少年の眼に基督教は侵略を肯定しているという疑念が起った時、彼の信仰は崩れた。それは必ずしもまだ年若い彼の責任ではなかった。またトマス荒木のような欧州留学生の一人に同じ不安と恐怖が起ったとしても、その点だけで彼を基督教会が非難するのは間違いである。

だが、ゴアまでの旅の間、あるいはたどりついたゴアで、岐部たちが「見るべきではないもの」を目撃した時、彼等の反応はどうだったろうか、彼等はこの問題について、どう考え、どう自分たちの信ずる基督教と政治的現実とを調和させただろうか。

資料の完全な欠如は彼等の反応を教えてくれない。彼等は政治的現実に眼をつぶり、事実を見て見ぬふりをしたのか、あるいは何も考えまいとしたのか。だがそれは不可能だった筈である。なぜなら彼等が見すてた日本の為政者たちも、ある意味で西洋の東洋侵略と基督教布教との因果関係を阻むため、切支丹禁制に踏みきったと言えるからである。

基督教の東洋布教を是認すること、それは一面においてただ一つの神と基督《デウス》への信仰が同じ肌の色を持った人間たちに拡るのを悦ぶことである。だが他面においては当時の欧州教会がとっていた布教方法――つまり征服し、侵略し、植民地を作ることを肯定することなのだ。それは自分たちの日本がたとえポルトガルやスペインに屈服しても基督教を拡げるべきだということを認めることになる。ペドロ岐部たちは、この問題がわからぬほど愚かではなかった。なぜなら彼等は、有馬神学校に学んだ日本のインテリだったからである。

ゴアにたどりつくまで、あるいはゴアに到着してから「見るべきではない」矛盾を次々と眼のあたりに目撃した日本人同宿が問題をどう解決したのか、それは私たちがとりわけ知りたいことだが、ペドロ岐部が残したごくわずかな手紙は、それについて何ひとつ触れてはおらぬ。

けれども触れていないからといって、何も考えなかったとは言えまい。むしろ私にはそこに彼の後半生の秘密のひとつがあるような気がする。だが、さしあたって、その秘密の推測は横においておきたい。確かなのはこれら日本人同宿が「見るべきではなかった」信仰と現実との矛盾を見たあとも、なお神父になる気持を失わなかったことである。なぜなら彼等はゴアでも自分たちが神父になる路が閉されていることを知ると、無謀にもヨーロッパに赴く計画をたてはじめたからだ。

ゴアで彼等がなぜ聖ポーロ学院やその附属の神学校に入れなかったか。理由は二つあった。一つは彼等にはマカオの上司からの証明書も推薦状もなかったからである。マカオの聖職者たちがこれら日本人同宿の行動を、不快な眼で見ていたことは既にのべた通りである。許しもなく勝手にマカオを飛び出たペドロ岐部たちに、マカオ教会が紹介状や推薦状を与える筈はなかった。それどころか、「この連中」は「百千の嘘をつくりあげるような放浪者」だと巡察師ヴィエイラ神父はローマのイエズス会に書き送ったのである。

第二にはこの聖ポーロ学院は、十七世紀の初期まではポルトガル人の子弟以外は神父にしない規則を持っていた。ペドロ岐部たちがゴアに着いた一六一八年、規則が緩和されたかどうかは不明だが、たとえ緩和されたにしろ「百千の嘘をつくりあげるような放浪者」に入学がたやすく許可されはしまい。ペドロ岐部たちは、先輩の天正少年使節のように聖職者たちから身分も資格も保証された学生ではなかったのだ。

椰子の密林に覆われたマンドヴィ河を遡って、やっとゴアに到着したペドロ岐部たちは失望を味わい、ふたたび同じ河を戻らねばならなかった。

だがこれは彼等にもあらかじめ予想できたことである。マカオのイエズス会聖職者たちから快く思われていないことを百も承知している彼等は、同じイエズス会の経営する聖ポーロ学院にたやすく入学できるとは考えなかっただろう。ゴアが駄目ならばペドロ岐部たちは次の目的地であるローマまで、何としてもたどり着かねばならなかった。途中でその志を放棄することはもうできない。なぜなら彼等は迫害の日本を見すててまで、ここまで来たのである。どうしても神父になるまでは旅を続けねばならぬ。でなければ彼等はたんなる放浪者にすぎぬ。そして日本の各地で追われ、捕えられ、責められ、殺されている潜伏宣教師や信徒たちに今更、顔むけできない筈である。これら切支丹の信仰の戦場から離脱しているという負い目は、ペドロ岐部たちの心に何時もあったのだ……。


その日本では地方によって程度の差こそあれ、迫害と弾圧はますます厳しくなった。ペドロ岐部たちがおそらくゴアに滞在していたであろう一六一八年の長崎およびその附近の殉教者の表をみると、潜伏した外人宣教師二名が逮捕され斬首され、牢死している。たとえば有馬神学校の関係者についてだけ言えば、前章でもふれたスピノラ神父はペドロ岐部とその弟が在学中、渡日してこの学校で日本語を学んだ宣教師だが、彼もまた、長崎にひそんでいるところを逮捕されている。ややその事情を詳細に語ると、一六一八年の十二月、裏切者の自白によって、宣教師たちの匿れ家を知った奉行所は二隊にわけた警吏たちでこの家を襲った。三人の外人宣教師、一人の外人修道士、そして彼等をかくまっていたポルトガル人とが検挙された。スピノラ神父もこの時、つかまった一人である。

スピノラ神父はその後、四年間、大村に近い鈴田の牢に幽閉されたのち、平戸で裁判を受け、かつて有馬神学校が一時、移転していた岬の西坂で火刑を受けて殉死するが、その残した幾つかの貴重な書簡は、この頃の潜伏宣教師の心境や信仰をいきいきと語っている。そのうち、その牢獄の報告部分をここに引用するのは、当時の迫害の雰囲気がよりよく、わかるからである。

「牢は幅十六パルモ（一パルモは掌ほどの長さ）、奥は二十四パルモあり、天上の鳥籠のような角材で作られていて……辛うじて人の通れるほどの小さな戸があり、錠がかけられ、そのわきに日本の飯茶碗ほどの大きさの窓があり、そこから私たちに食事が与えられます。

周囲には八パルモの幅の通路があり、それは先端が鋭く削られた高い太い杭の二重の柵で覆われ、その二重の柵の間には茨がいっぱい詰められ、柵には牢の小さな戸に面してただ一つの扉があり、扉は朝食と夕食の時のみ開かれます……この場所の周囲は頑丈な木柵で囲まれ、本門で閉められますから、私たちは当分長い間、長崎に手紙を送ることも受けることもできず、食物も何も手に入れられないでしょう。

日常の食物は水だけで炊いた米が二杯、野菜の粗末な菜一椀と、生か塩漬けの大根小量、時には二尾の塩漬けの鰯で、飲物は湯か水です。私たちのなかには既にこのような貧しさを経験した者がいるので、米と塩だけで食べていました。

ナイフや鋏を持つことは許されません。だから秘かにそれを持ってきてくれた者に迷惑をかけないため、隠者のような頭髪と髭とをしています。シャツや衣類も外で洗うことも干すことも許されません。だから甚だ不潔であり、用便も牢内でしなければなりませんから悪臭に充ちています。夜は灯も与えられず、それで心身の全感覚が苦しみを受けています。

夏は四方から空気と涼しい風が入って楽に過せますが、雨や嵐の季節がはじまり、またその後に寒さと雪とが来ると、防ぐ方法がないので、私たちは主に捧げる数多くの苦しみを味わいます。

九月十二日、私は高熱に襲われ、十一月四日まで続きましたが……医者も薬もないのに治りました。病中、二度、皆は私の最期の時が来たと思い、私もこのように人間的なあらゆる扱いから見離されて死ぬことに満足し、主が戸口で私を待ち給うと考えると大きな悦びにたえませ

んでした」（佐久間正訳）

一度、捕えられた以上は、もし棄教を誓わなければ生きのびられない。棄教するということは潜伏宣教師にとって、霊魂の生命を永遠に棄てることである。だが信徒のなかにも神父のなかにも死の恐怖に負け、あるいは信念と信仰を貫きえぬ弱さのため棄教する者もいた。スピノラ神父もやがて平戸で裁判を受けた時、棄教したトマス荒木と顔をあわせねばならなくなる。マカオでペドロたちの眼にまぶしい存在としてうつった荒木は一六一五年に日本に密入国した後、四年ほど潜伏活動を続けていたが、一六一九年捕えられて大村の牢に入れられ、二十日後には棄教を役人に誓ったのだ。彼の心にあった疑問——教会が東洋侵略を黙認していることの苦しみがその棄教を促したのか、あるいは拷問と死の恐怖とがその心を弱くしたのかはわからない。いずれにしろその時のトマス荒木にはかつて日本最初のヨーロッパ留学生の一人として、ローマで勉強した時の華やかな姿はなかった。トマス荒木は「日本の着物を着せられ、手をくくられた縄を人目からかくすため、外衣をまとっていた」とスピノラ神父は書いている。そしてこの転び神父は一方では役人たちに「棄教した以上は釈放してほしい」とたのみ、他方ではスピノラたちにイエズス会についての不満をのべ、自分にはまだ基督教の信仰があるように振まい、あるいは自分の救いのため「祈り《オラシヨ》をたのみまいらする」とそっと小声で頼むのである。更に奉行が今後は長崎に住むようにと命ずると「長崎には行きたくない。長崎だと子供さえ私に石を投げつけるから大村の町にいるほうがよい」とかなしく哀願しているのだ。

ゴアで希望の勉学が不可能と知った日本人同宿たちは、ローマを目指して更に放浪の旅を続ける決心をした。さて、ローマに赴く方法は二つしかない。一つは彼等の先輩だった天正少年使節のようにアフリカ南端、喜望峰をまわって更に北上し、ポルトガルのリスボアにたどりつき、そこからローマに向う旅行である。天正少年使節の場合は一五八三年（天正十一年）の十二月二十日にゴアを発ち、その翌年の八月十日にリスボアに到着しているから、この船旅は当時、半年以上もかかったことが大体わかる。船旅は時には平穏無事なこともあるが、暑さや嵐や食糧、水の不足、そして疫病に見舞われ、必ずしも楽とは限らなかった。

もう一つの路はまず船でペルシャ湾の入口ホルムズに入り、そこからペルシャを経てシリア砂漠を横断し、更に地中海に出て船に乗り、伊太利に向う方法である。この旅行は前者よりも距離的に短いにせよ、砂漠を横切るという危険を伴い、アフリカをまわる海旅よりもっと辛い。むしろ、この旅のほうが更により困難な方法と言えるだろう。

いずれにせよ日本人同宿たちもゴアでどの路を選ぶかを真剣に相談したことは疑いないが、ここでも我々は日本人同宿たちのうち、ミゲル・ミノエス、小西マンショたちがどちらの路を選んだか、まったくわからない。ただペドロ岐部がアフリカを迂回する海路を棄てて、アラビア砂漠を横切る旅をとったことだけは知っている。

彼は一人で出発したのだろうか、それとも他の者とこの路を選んだのか。その行程はどういうものだったのか。この事情を語る資料も何ひとつ、我々の手に残されてはいない。けれども国東半島の岐部海賊の子孫であるこの青年には、見知らぬ土地、見知らぬ国々を踏破したいという、烈しい冒険心があったにちがいない。彼はその点、やはり海外に進出しようとする戦国時代から安土桃山期の日本人の血を烈しく持っていた一人だったのである。

それだけではない。彼は自分がこれから横切る国々のなかに、あの主、イエス・キリストが生れ、歩き、そして十字架にかけられたエルサレムの町のあることを知っていた。ローマにたどりつく途中に、そのエルサレムがある。それを耳にした時、彼がこの聖都を訪れようという情熱に烈しく駆られたのは当然だろう。思えば彼は遠い日本に生れながら、他の日本人たちとちがい、キリストを信ずる切支丹の家に育った。彼の過半生はすべてそのキリストによって生き、キリストによってふりまわされてきた。そのキリストの歩かれた土地をわが眼で見、わが足で踏みたいという欲望はこの不屈の青年には抑えることができなかったのである。

そう――その意味で彼のローマまでの旅は巡礼の旅でもあった。聖地パレスチナを経てエルサレムを訪れ、永遠の都でありローマ法王のいるローマに至る、という巡礼だったのだ。だが、その旅は今日の我々には、とても考えもつかぬほど苦しいものだったであろう。言葉も通じず、身分、国籍を保証する何ものもなく、旅費さえ持ちあわせていなかったこの日本人の青年が三百五十年前、どうして、どのような方法でペルシャやパレスチナを通過できたのかを考えると眩暈のするような感じにさえなる。チースリック教授は彼がその時、この日本人としては最初の中近東の冒険旅行の記録を何ひとつ残さなかったことを残念がっておられるが、我々もそれを知る一つの手がかりのないことがあまりにも口惜しいのである。

地図をひろげるとゴアからエルサレムに行くには船でオーマン湾に入り、アラビア湾からペルシャのバクダードに入って、あとは陸路でシリア砂漠を横切らねばならぬ。チースリック教授はおそらくペドロ岐部は船でオーマン湾に入り、当時ポルトガル領だったオルムズ（現マスカット）からペルシャを経てパレスチナに向う隊商の群に加わったと想像されている。事実、三百年後に日本人としてペドロ岐部に続いて第二番目にこの中近東を踏破した志賀重昂は、一九二四年、マスカットからアバダン、バクダードを経てシリア砂漠を渡りアンマンにたどりついている。しかし志賀重昂の場合は日本国民としての身分は保証されていた。ペドロ岐部にはそのような身分の保証もなかった。彼が言葉ひとつも通じない回教徒の隊商にどうして加わり、どのように誤解や生命の危機を逃れて旅ができたのかは、まったく奇蹟的としか言いようがない。

一八七六年、ダマスカスからメダーイン、サリーフまでの砂漠をメッカ巡礼団や単独で横断して体験談を書いたモンタギュー・ダウディの古典的な冒険記録『アラビア砂漠』を読むと、基督教徒（アラビア人の回教徒たちはナスラーニー、ナザレ人と蔑んで呼んだ）であることをかくさずに回教徒と旅をする辛さ、困難がつぶさにわかる。基督教徒《ナスラーニー》であるがゆえに馬鹿にされ、盗まれ、時には殺意さえ感じながらダウディはこの苦しい旅を果したのだが、その一八七六年から更に二百年前に一人の日本青年が同じようにナスラーニーと蔑まれながら隊商の群に身を投じ、強い陽光のなかを駱駝の背に乗って砂漠を渡ったとするならば、これはもう冒険心だけだとは言えぬ別のものがあったにちがいない。日本信徒や潜伏宣教師が命をかけて戦っているあの戦場から離脱しているという負い目が、彼にこの苦しい巡礼を敢行させたのだ。「我々の行くところは、ただ石ころだけの一木一草もない砂漠だ。見るものは何ひとつなく、前には一本の道もない」とダウディは書いている。夜になればベドウィン族に襲われる恐怖も味わわねばならぬ。言葉も通ぜず、約束をたがえることを平気に思っている人間たちを相手にせねばならぬ。荒涼とした砂漠を横切りながらペドロ岐部は、日本のことを思い出したろうか。あの有馬の海や雲仙の山々のことを心に甦らせただろうか、自分がなぜ、このような苦行にも似た旅をせねばならぬのかと不図、疑惑に捉われたろうか。

闇の砂漠の静かさを味わった者は、その夜がどんなに怖しいかも知っている。肉体的な危険ではなく信仰の疑惑に突然、捉えられるのも虚無だけを感じさせるあの砂漠の夜である。永遠にこの世が無意味で空虚だという感覚になるのも、砂漠の夜である。ペドロ岐部の信ずるイエスもまた死海のほとり、ユダの砂漠でこの虚無を味わった。聖書はそのことをイエスに襲いかかった悪魔の誘惑という形で書いているが、ペドロ岐部もこの巡礼の間、同じ誘惑を受けなかったと、どうして言えよう。自分たちのこの苦しみはなんのために意味があるのか。迫害下の故国で日本信徒たちがあれほど苦しんでいるのは、どんな意味があるのか。それなのになぜ神は沈黙しているのか。ひょっとすると神はいないのではないか。ひょっとするとイエスが説いた神の愛は存在しないのではないか。夜の砂漠とは宗教を信ずる者に、その根本的な疑惑を次から次へと起させる。永遠の沈黙にも似た夜。それをペドロ岐部はどう切りぬけたのだろうか。エルサレムにどの路をたどって到着したのかは、私たちは知らないが、夜の砂漠で虚無の闇をくぐりぬけた彼の眼が、ある朝、やっとエルサレムの町を遠くに見た時の感動だけは、はっきり想像できる。

エルサレムを訪れた者には、それがどの方角からであれ、この聖都が忽然としてあらわれた記憶がある筈だ。特にユダの砂漠をぬけてベタニヤの村を通り、オリーブ山にたどりついた瞬間、眼下に淡紅色の城壁に囲まれたこの街が突然、姿をみせる。それは黎明《しののめ》、金色の朝の光が地平線の向うに急にあらわれるのに似ている。光は糸のようにのび、次第にその幅もひろげ、やがて薔薇色に変っていく。エルサレムは旅人にそのような形で出現するのだ。キデロンの谷に城塞のようにそびえたこの街。ヘロデ大王が巨石を積み重ねて造った城壁。その城壁の幾つかの門に乳のように流れこんでいく白い羊の群。神殿の塔から回教徒たちの祈禱がひくい歌声のようにひびいてくる。今日でも我々が眼にできるあのエルサレムの光景を三百五十年前、ここを訪れた最初の日本人、ペドロ岐部は丘の上から凝視したのである。

彼が訪れたエルサレムは記録によると、当時、回教徒の支配下にあったが、一六〇〇年代のこの町の人口は約一万であり、ユダヤ人の数は数百人にすぎない。他はトルコ人、アラブ人を主体とする異民族たちだった。

当時のエルサレムを今日のエルサレムから完全に想像することはむつかしいかもしれぬが、しかし現在、この旧市街《オールド・シティ》をとりまく城壁の大部分はスレイマン大王（一五二〇―一五六六）が築いたものだから、町の大きさはそれほど変ってはいない筈である。今日、見られる陽光にきらめく神殿のさめるような八角堂《ドーム》もこのスレイマン大王の修復したもので、ペドロ岐部は当然見ている筈である。羊や山羊、駱駝や驢馬が人の群と歩きまわる狭い、きたない路は当時も今も、そう変っていない筈だ。

回教徒に支配されていたが、この街は当時も基督教徒の巡礼が許されていた。イエスが処刑されたあとに建てられた聖墳墓教会にも信者は税金を払えば、とも角も礼拝できた。一五五三年、ここを訪れたスペイン修道士の手記の一節にこう書いてある。「聖墳墓教会の入口で巡礼者は九カルテラニを払った。すると四、五人のトルコ人の門番が書記をつれてあらわれ、巡礼者の名や国籍をたずね、仰々しい手つきで門を開いた。門の内側でここに住む修道士たちが我々の挨拶を受ける。するとトルコ人たちは門を閉じ、一日か、二日後まで戻ってきてくれないのだ、彼等が戻ってくるまでの二日間、我々は何度も教会の聖なる場所を訪れて、無聊を慰めた」(Théodore Kollek et Moshe Pearlman, Jerusalem)

ペドロ岐部がこの聖墳墓教会を訪れた時もこのスペイン修道士の経験とほぼ同じだっただろう。そしてまた今日でもエルサレム旧市街には、十字架を背負わされたイエスがその時歩いたと言うよごれた細い石畳道が残っていて、その石畳道は岐部がここを訪れる前に既に作られているから、彼がそこを祈りながら歩いたと想像できる。

最初の日本人としてこのエルサレムをたずねたペドロ岐部が何を思い、何を考えたか、私は切に知りたい。それについて何ひとつ彼自身は書いていないが、この青年の心にエルサレムの街でイエスの死の意味がのぼらなかった筈は絶対にない。イエスは彼が愛した者に裏切られて死んだ。イエスは彼が愛した者たちに命を捧げて死んだ。基督信者なら当然、知っているこのイエスの死の模様を、処刑場ゴルゴタの跡である聖墳墓教会のなかでも繰りかえし繰りかえし考えたならば、彼は日本の信徒を見棄ててここまで来た自分の心を、ふたたび嚙みしめた筈である。

彼の目的は神父になることである。だが神父になるということはイエスに倣うことであり、イエスの跡を追うことである。イエスに倣うことが神父の使命ならば、ペドロ岐部もいつの日か日本信徒のために命を捧げねばならぬ。つまり神父になったその日から、彼の運命ははっきりと決るのである。彼は迫害下の日本に戻らねばならぬ。そして潜伏宣教師と共に日本信徒たちに勇気を与え、その苦しみを慰め、そして場合によってはイエスのように苛酷な死を引き受けねばならぬのだ。

この決心がエルサレムを訪れたペドロ岐部の胸に起ったか、どうかはわからない。いずれにせよ、彼はこのパレスチナから「神父になるため」に第二の巡礼地でもあり、目的地でもあるローマを目指してふたたび旅を続けたのである。

彼は聖ポーロと同じように海路ギリシャの島々を経て伊太利に向ったのであろう。後に彼が帰国の途中、シャムの日本人町に上陸した時は船乗りの姿をしていたと言うが、それは偽装のためでなく実際に彼が下級船員として船の雑用をしながらその旅を続けたことは充分、想像できるのだ。でなければ旅費もなく何ひとつ身分保証もなかったこの男が、伊太利までたどりつけた筈はない。彼の体内には岐部水軍の血が流れており、海や船の生活は幼少の頃から親しんできた世界だったのである。

ゴアを発ったのが一六一八年とするなら、それから二年を経た一六二〇年、彼は遂に永遠の都にたどりついた。誰の助けももらったのではない。誰の援助も受けたのではない。彼は日本人最初のヨーロッパ留学生ベルナルドのようにイエズス会の保護のもとに、このローマに来たのでもなかった。有馬神学校の先輩である天正少年使節のように人々に悦び迎えられて、この永遠の都に足を踏み入れたのでもなかった。一人ぼっちで多くの海とアラビアの砂漠とを横断したその顔は陽に焼け、その体も痩せこけてしまっていたのだ。

留学の日々

ローマ。ローマはマカオやゴアとは違っていた。ローマは彼を迎え入れてくれた。迎え入れてくれただけでない。日本やマカオで聖職者が岐部たち日本人同宿には許さなかった、あの神父叙品への門まで開いてくれた。

それは、ローマ教会がこの日本人青年の味わった辛苦に感動したからである。迫害の日本を追われながらも、なお単独で多くの海を渡り、アラブの砂漠を横切り、あらゆる障害をのりこえてやって来た東洋の神学生《セミナリスト》。マカオのように日本人に偏見を持ってはいないローマの聖職者たちは、ペドロ岐部の熱意に文字通り圧倒されたのである。

その上、ローマ教会はペドロ岐部の前に波濤万里、この都を訪れた何人かの日本人留学生や使節を知っていた。これら留学生や使節を通して、日本人基督教徒に好奇心と好感を抱いた聖職者たちもかなりいた。ペドロ岐部がローマで厚遇されたのは、それらの人々の尽力があったためであろう。

日本人で最初にヨーロッパとローマとに留学したのは前章でもふれた鹿児島出身の一青年だが、本名ではなく、ベルナルドという洗礼名しかわかっていない。フランシスコ・シャヴィエル神父が一五四九年、日本にはじめて基督教を伝えに渡日した際、彼は鹿児島で洗礼を受け、その後はこの宣教師の従者となって日本の各地を共に歩いた。シャヴィエルは自分と労を共にしてくれたこの日本人青年に限りない友情を持ち、彼をヨーロッパに留学させることをひそかに考えていた。

一五五一年（天文二十年）シャヴィエルはベルナルドたちを連れて日本を去り、印度ゴアに戻った。ベルナルドはここでシャヴィエルの指示に従い、ポルトガルの印度洋艦隊に乗船して、アフリカ喜望峰を迂回、リスボアに向った。辛い船旅のため彼は極度に健康をそこね、後の留学生活中もしばしば病に苦しむようになる。それでもシャヴィエルの意図を受けたイエズス会の好意で、ローマのコレジオ・ロマノ（現在のグレゴリオ大学）やポルトガルのコインブラ大学で学ぶことはできたが、弱い肉体は馴れぬ異国の生活のため、ますます悪化し、留学四年にしてコインブラで息を引きとらねばならなかった。この日本最初のヨーロッパ留学生の墓は、今日でもコインブラのイエズス会学院の墓地に人知れず残っている。

ベルナルドのあと、我々が知る限りでローマに留学したのがトマス荒木である。前にもふれたように彼がどこの出身で、どのような方法でローマで勉強できたのかは残念ながらまったくわからない。しかし彼が非常な秀才であったことだけは、ローマ留学中、枢機卿ベラルミノの知遇を受け、伊太利各地で人々の歓迎を受け、そのラテン語が実に巧みだったことからも窺えるのである。だがその彼は帰国の途中、スペイン、ポルトガルの東洋侵略と植民地政策とを黙認している基督教教会の布教方針に憤激し、次第にその信仰を失っていった。迫害下の日本で彼は棄教し、潜伏信徒からは蔑まれ、奉行所の手先となった。そのみじめな生きざまは、前章で引用したスピノラ神父の書簡に語られている通りである。

だがベルナルドやトマス荒木以上にローマの教会の記憶にまだ、はっきり残っていたのは、あの天正少年使節の少年たちと、伊達政宗が派遣した支倉常長とであろう。岐部にとって有馬神学校の先輩であるこの少年使節たちが、ポルトガル、スペインを経てローマ法王グレゴリオ十三世に正式謁見したのは一五八五年三月二十三日である。その日、彼等は宿舎であるイエズス会本部を出て、三色のビロードと黄金の馬具で飾られた馬にまたがり、沿道のローマ市民の歓呼に送られながらヴァチカン宮殿に向った。行列は「ローマでは未曽有の、最大の行事の一つのようだった」、「ローマはことごとく歓喜に湧きたった」と言われている。法王もまた波濤万里、長い旅を経てローマにやってきた日本人少年たちを心から手厚く遇し、それを見る者すべてを感動させた。少年たちもまたその礼節やその控え目な態度で、遇する者に好感を与えた。

少年使節のイメージは、ローマの聖職者たちとイエズス会士の心に、日本人について強い印象を残した。だからペドロ岐部がその使節たちと同じ神学校の卒業生であり、彼等の後輩にあたると言うだけで、好意と関心とを抱いたとしてもふしぎではない。その好意がペドロ岐部の神父叙位に、大いに役立ったのだ。

更に岐部がローマにたどりつく五年前の一六一五年、伊達政宗が派遣した支倉常長もメキシコ、スペインを経てこの都に到着し、聖ペトロ大教会で法王ポーロ五世の謁見を受けている。常長の渡欧の真意は日本とメキシコ（ノベスパニヤ）との通商の許可を、スペイン王とローマ法王に求めるものであったため、法王庁としては必ずしも歓迎できぬ使節だったが、それでも盛大な謁見式が行われ、その式の思い出は、ローマ聖職者たちの心にまだはっきりと残っていた。

このように日本留学生たちや使節との関係を持っていたからこそ、ペドロ岐部をローマ教会は何ら警戒することなく、むしろ感動と同情をもって迎え入れた。岐部がローマ到着後わずか一年たらずで、待望の神父に叙階されたのはそのためである。

ローマは彼を迎え入れて、一六二〇年の十月十八日の日曜日、彼は剃髪の式を受け、翌月の十一月一日の日曜ポーロ・デ・クルテ司教によって聖マリア・マジョーレの聖堂の香部屋で助祭の資格を与えられた。そして遂に十一月十五日の日曜日にはラテラノ大聖堂で念願の神父に叙品されたのである。

思えば有馬神学校を卒えてから十四年、この日をどれほど夢みたであろう。その時聖壇の前にひれ伏したこの三十三歳の男の脳裏には十四年間のさまざまな思い出がかすめた筈である。同宿として鬱々としていた時、マカオに追放された日々、そのマカオでも望みが適えられず、ふたたび船に乗ってゴアに行かねばならなかったこと、隊商たちにまじり砂漠をわたり、遂にエルサレムを見た朝。それらのひとつ、ひとつが彼のまぶたを横切ったにちがいないのだ。

だがペドロ岐部にはこの瞬間、忘れてはならない事実があった。それは彼が迫害下の日本を見すてたということである。今、彼が神父に叙階されたこの瞬間、日本では信徒たちが捕えられ、潜伏宣教師が処刑され、拷問を受ける者の呻き声がきこえ、多くの血が流れている。そして、その日本の教会をペドロ岐部は理由が何であれ、見すてたことは確かなのだ。なんのために？　神父になるため。長崎から追放された時、マカオに向う船で心に言いきかせた誓いを彼は忘れてはいない。――私が日本を離れるのは神父として、ふたたび戻ってくるためである。

――もしこの誓いを忘却するならば、彼は迫害下の日本から逃避して身の安全を保った男にしかすぎぬ。たとえ彼が神父としてその後、いかに多くの魂を救おうとも、日本に戻らぬ限りは、心に自分が卑怯者であるという汚点がいつまでも残るだろう。

だから一六二〇年の十一月十五日の日曜日、この三十三歳の日本人が神父になった心構えは、同じ日に同じように神父叙階を受けたであろう他のヨーロッパ神学生たちのとまったくちがっていた。後者はこれから神父として自分たちの安全な教区や修道院で働き、教えを説き、秘蹟を与えながら生涯信仰と祈りとのなかで生きていくだろう。だがペドロ岐部は日本に戻るために神父になったのだ。そしてその日本で彼を待っているのは安全な教区でもなければ、静かで平和な修道院でもない。迫害であり、拷問であり、殉教しかない。死しかないのである。

それゆえ、彼の今後のヨーロッパでの修行は死の準備であり、やがて確実にくる処刑の日を迎える覚悟を作ることになるだろう。

「私の名はペドロ・カスイ。ロマノ岐部とマリア波多の子。現在、三十三歳。生地は日本。豊後の国、浦辺」

ペドロ岐部はこの年の十一月二十一日、イエズス会に入会を許可されたが、その時、そう書いている。「主の恵みと言えば私は数知れぬ、そして自分に特に与えられた主の恵みを感じる。多くの苦しみ、多くの危険を経た後、私はついにイエズス会の兄弟の一人に加えてもらったのだから。そしてこの道を選んだのも、まったく私の意思によるものである。十四年前、私は進んでこのような願いをたてたのだ」

殉教の準備と死の覚悟。そのために彼がどのような修行をしたかはその数少い手紙にも書かれてはおらぬ。だがこの時期、彼が自分の信ずるイエスもまた同じように、十字架での死を予感じ苦しみぬいたことに慰めを得たことは当然、推測できるのだ。ミサの間、聖書を開き、受難を前にしたイエスの苦悩をたどる時、ペドロ岐部が苦悶するイエスにおのれの姿を見つけなかった筈はない。なぜならイエスもまた、その最後の年の紀元三〇年、自分が敵対者たちから殺されることを感じ、殉教の決意をするまで心の動揺と怖れとを同時に味わったからだ。「わたしには（これから）受けねばならぬ（死の）洗礼《バプテイスマ》がある。そしてそれを受けてしまうまで私はどんな苦しい思いをするだろう」。三〇年の過越祭が近づいた時、イエスは自分の気持をそう弟子たちにうち明けている。あるいはまたゲッセマニの園で血のような汗を流しつつイエスは神に祈る。「父よ、思召しならばこの（死の）杯を我より取り除き給え。さりながら、我が心の儘にあらで、思召しの如く成れかし」

日本に戻れば自分を待ち受けているのは死である。それを思う時、さすがペドロ岐部の心も恐怖に震えたにちがいない。だが主イエスもまた受難を前にして同じように苦悶しているのだ。イエスもまた同じように苦しんだことは彼の心に慰めを与える。

もちろんこうした彼の心の苦闘は、ただ一つの資料であるその書簡にもうち明けられてはいない。私たちはただ一六二〇年から一六二二年までの二年間、彼がローマのキリナーレ丘にあるイエズス会の聖アンドレア修錬院で生活し、かたわら、かつて最初の日本留学生ベルナルドも在学したコレジオ・ロマノで倫理学とラテン語を学んだことを知るのみである。

この一六二二年の三月、法王庁内の聖ペトロ聖堂でフランシスコ・シャヴィエルとイエズス会の創立者イグナチオ・ロヨラの列聖式が行われた。列聖式とは文字通り、聖者として教会が認める儀式である。極東の日本に最初に基督教を布教したシャヴィエルは中国の広東に近い上川島《サンシヤン》で死去したが、その彼を聖者とする列聖式にペドロ岐部は出席した。この列聖式を見たことがペドロ岐部に何を考えさせ、何を感じさせたかは容易に想像できる。なぜなら彼はそれから三ヶ月後、まだ修行のすべてが終っていないのに突然イエズス会の総長、ヴィテレスキ神父に日本に帰国する願いを申し出ているからだ。列聖式の間、シャヴィエルを讃える聖職者たちの声に日本《ジヤポン》という発音を耳にするたび、ペドロ岐部は彼をよび求める遠い同胞信徒の悲しみの叫びを聞いたのである。まぶたには彼がしばし離れた日本の山河とイメージとが鮮かに甦ったのである。

彼の日本のイメージ。それは暗く陰惨なものである。彼と同じ宗教を信じた者が追われ、捕えられ、責められ、殺されていく国のイメージである。彼等の信ずる宗教はこの国では秩序を攪乱する邪宗であり、為政者たちが国土を侵す企てを持つものとして死を以て禁じている宗教である。あの国には教会に集う悦びもなく、おのれの信仰を口にする誇りもなく、人眼をはばかり、怯えながら祈りを唱えねばならぬ。神父たちは潜伏し、生命の危険を冒さねば、彼の仔羊たちのもとに行くこともできぬ。それら日本の信徒たちはペドロ岐部を呼んでいる。彼はシャヴィエルの列聖式でその声を聞いたからこそ、帰国の決心をしたのだ。

もちろんペドロ岐部がこの決定をすぐ行ったとは、思われない。なぜなら、もし彼が望むならば、このまま安全なヨーロッパのイエズス会に残れたかもしれなかったからである。あるいはゴアやマラッカやフィリピンやシャムなどの国々で布教することもできたからである。事実それらの地方にはイエズス会員の働く余地があり、日本人の町があって、岐部がそこに派遣されることも不可能ではなかったからだ。

にもかかわらず、彼は日本だけに戻ることを願い出た。七年前、その日本を棄て、苦しむ日本信徒を棄て、潜伏した有馬神学校の教師や仲間を棄ててマカオに逃げたという後めたさがなかったならば、彼にもこの決心ができなかったかもしれぬ。彼はシャヴィエルの列聖式で、自分を呼ぶそれらの同胞の声を聞いた。「人、その友のために命を捨つるほど、大いなる愛はなし」。そのイエスの言葉も同時にその心に甦った。

ローマのイエズス会は、この日本人神父の願いを聞きいれた。二年間の修行とコレジオ・ロマノの勉学を途中でやめ、彼はリスボアに赴くことにした。当時、東洋にヨーロッパから赴くにはリスボアから年に一度、印度にむけて出航するポルトガルの印度洋艦隊を利用するのが一番、便利だったからだ。

リスボアに向う途中、彼はマドリッドに寄っている。そのマドリッドで彼は日本に潜伏している宣教師がひそかに送ってきた一六二一年度の報告書——イエズス会通信文を読むことができた。マカオを去って以来、はじめて知る日本のなまなましい情報である。

想像していた以上に日本には、迫害の嵐が吹きまくっていることを彼は知った……。

彼がローマで神父に叙位され、イエズス会に入会を許され、コレジオ・ロマノで倫理学を学んでいたいわば安全な日々の間、日本の切支丹信徒と潜伏宣教師とは、相変らず、地獄さながらの苦しみに生きていた。

徳川家康は既に死んだが、二代将軍、秀忠は切支丹禁止令を更に強化し、全国諸大名にこの実行をきびしく迫った。もはや日本の何処でも信徒が自由に信仰を守り、潜伏宣教師が死を覚悟せずに歩ける場所はなかった。

潜伏宣教師たちはそれでも町はずれの洞穴や信徒の家の二重壁のなかなどにひそみ、日が暮れてから聖服やミサ用具を背負って、ひそかに家を出た。外人であることが発覚しないように医者、中国人などに変装する場合もあった。雪や雨の日は警戒が弱まるから、こうした日を利用して信者たちを励し、慰め、秘蹟を与えるため歩いたのである。

有馬神学校の関係者について二、三の例をあげるならば、たとえばこの時期、天正少年使節の一人だった中浦ジュリアンは依然として有馬を中心に秘密伝道を続けている。彼は在日宣教師とペドロ岐部たちがマカオに追放されたあとも日本に残り、有馬を根拠地として天草、肥後、薩摩、筑後、豊前の各領を歩きまわり、信徒たちと接触していた。「この口ノ津だけでも二十一人の殉教者がありました」と彼は一六二一年（ペドロ岐部がマドリッドにいた年）に書いている。「私は神のおかげで、常に健康であり、また気力も強く残っています。当国地方で私は毎年、四千以上の罪の告白をききました」

近畿地方ではペドロ岐部より十四年前に有馬神学校に入学した、ディエゴ結城が伝道を続けていた。彼はラテン語に熟達し、有馬神学校が長崎に移った時、後輩のラテン語教師となったが、一六一四年の大追放のためマニラに切支丹大名、高山右近たちと流された。ここで神父に叙階された彼は二年後の夏、ひそかに日本に戻り、京都を根拠地に北陸、東北にまで足をのばし、希望を失った信者を励していた。伊予ジュストも有馬神学校で岐部の先輩にあたるが、彼もまた四国を中心に、九州と四国のかくれ切支丹たちと接触をはかっている。

だが当局はこうした潜伏宣教師や修道士を、なすがままにはさせなかった。執拗で巧妙な捜査方法で追及の輪が縮められ、裏切り、密告には賞金が与えられ、あるいは捕えた信徒に苛酷な拷問を加え、神父たちのかくれ家を白状させた。捕えられた宣教師は棄教しない限り、処刑されるのだが、処刑までの獄中生活も悲惨をきわめていた。前章でその書簡の一部を引用した不屈のスピノラ神父さえも、大村の牢獄は汚水と臭気とが充ちみち、ために「私はついに天井にむかって息を吐く」と語ったほどである。

宣教師たちだけでなく、一般信徒も同じような苦しみを毎日、なめねばならなかった。彼等は潜伏宣教師を守るため、たえず周りを警戒し、自分たちの貧しい食をさいて神父たちを養った。捕えられれば容赦ない拷問が加えられた。小さな子供さえ、許されなかった。豊前では捕えられた五歳の子供さえ、切支丹ゆえに処刑されている。

「日本ではまだ迫害が荒れ狂っている。いや、むしろ悪化の傾向にあるらしい」とペドロ岐部はマドリッドで日本の潜伏宣教師からのひそかな報告を読んだ感想を、ローマの友人にリスボアから書き送っている。「一軒一軒が捜索され、ために神父たちは絶対にかくれることはできぬ。このようなことは以前なかったのだ。フランシスコ会士が法王ポーロ五世時代にローマへ使節（支倉常長）を送った奥州でも新しい迫害が起った。それは領主であり、使節の主君である伊達政宗が、いかなる理由からかは知らないが命令を発し、領内すべてのキリスト教徒は武士、商人、あるいは他の職業であれ、棄教しないかぎり、すべて追放することにしたからである。このためフランシスコ会員も我らの会の者もこの地方で説教することが不可能になった」

この書簡の一節から推測すると、ペドロ岐部は日本帰国後、万一の場合は他の地方よりは安全な東北地方で布教することを前もって考えていたようである。東北地方、特に伊達政宗の領内では江戸幕府が禁教令を布いたあとも、比較的、切支丹に寛大であったため、関東の切支丹信者の避難場所となっていたためである。それは政宗の有力家臣のなかには、後藤寿庵のような切支丹武士がいて保護を獲られたことや、また仙台藩が採金のための労働力をこれら逃亡切支丹信徒に求めたからだった。だが徳川政権が確立し、威令が全国に行きわたると、政宗のような大大名さえも、切支丹禁止令に服さざるをえなかった。幕府から睨まれぬために、弾圧は人の領国よりもきびしく実行せねばならなかった。

マドリッドでペドロ岐部がこの通信文を読んだ時、彼は自らが戻る日本ではもはや生命の危険なしには住めぬことを確実に知った。それまで心に残っていたかすかな希望も楽観も、すべて砕かれた。たとえ、いかに巧妙に身をひそめ、逃亡を続けても、やがては捕えられ、責められ、処刑されることは確かだった。だが、それでも彼は帰国を断念しようとはしなかった。

マドリッドからリスボアに着くと、彼はイエズス会の修錬院で二ヶ月間、主として肉体労働を命じられ、若い修道士たちと屋内の作業や畑仕事に従事させられている。これは彼には辛いことだった。辛いのは三十四歳の神父の身で肉体労働をさせられることではなく、さし迫った心の準備をする時間がここではないためである。他の平和な修錬士たちとペドロ岐部はちがっていた。彼に今、必要なのは殉教の心がまえである。やがては必ず襲いかかってくる拷問や処刑にたいする覚悟である。そんな彼の胸中を誰もわかってくれない。ペドロ岐部は孤独だったのだ。彼は上司に肉体労働ではなく、瞑想と祈りをさせてほしいと願い出て、やっと許された。出発前の瞑想と祈りの間、彼は何を考えたか。言うまでもない。受難と死を前にしたイエスの孤独と肉体的な苦しみである。「父よ、思召しならばこの（死の）杯を我より取り除き給え。さりながら、我が心の儘にあらで、思召しの如くなれかし」。ふたたびイエスのあの苦悶の祈りが、ペドロ岐部の唇から洩れる。主イエスさえも、死と殉教を前にしてこのように苦しみ、血のような汗を流してこみあげてくる恐怖と戦わねばならなかったのだ。イエスも我々と同じような人間の弱さに苦しんだことは、この時、ペドロ岐部をどれほど慰めただろう。

受難のイエスの姿を彼はいつも思いうかべる。なぜなら、そのイエスの姿は帰国した暁の自らの似姿と理想像とになるからだ。イエスが死を決意して過越祭のエルサレムに戻ったように、ペドロ岐部も死を覚悟して日本に帰るのだ。イエスがその予感通り、彼を迫害する大祭司やサドカイ派に捕えられたように、ペドロ岐部も切支丹を迫害する日本の権力者に捕縛されるだろう。だがイエスが愛した弟子の一人ユダから裏切られたように、ペドロ岐部も愛した誰かから、裏切られるだろうか。

この時期のペドロ岐部には誰が彼を裏切るか、まだ、わかっていなかった。ましてそれが彼と同じ信仰を神から与えられた者の一人だとは、夢にも考えていなかっただろう。

こうしてペドロ岐部がリスボアで最後のヨーロッパ生活を送った一六二三年のはじめ、テージョ河には印度洋艦隊がゴアに向う出航の準備を終えてしずかに待機していた。この年、艦隊の中心になるのは、新任印度総督の乗る総督乗船艦《ナオ・アルミランテ》、サン・フランシスコ・シャヴィエル号と、艦長の乗船する旗艦《ナオ・カピタン》、サンタ・イサベル号の二隻だった。

毎年、出航日が近づくと、テージョ河畔は騒がしくなった。だが、とりわけこの一六二三年には、エチオピアに多数の宣教師を送ることに決定したため、港はごったがえしていた。出航日前に乗客は乗船を終えていた。ペドロ岐部もまたエチオピア宣教団の宣教師たちにまじりサン・フランシスコ・シャヴィエル号かサンタ・イサベル号のいずれかに乗船したらしい。

三月二十五日、聖母のお告げの祝日、艦隊は錨をあげ、褐色の河を静かに動きはじめた。河岸のベルム要塞から砲声がひびき、見送る者、見送られる者はたがいに声をあげ、手を振りあった。祝砲のひびきや歌声のなかで、ペドロ岐部は孤独だったであろう。他の者たちとちがい、彼一人がこの瞬間から確実に死に向って出発していたからであり、それを彼だけが知っていたからである。彼は出発前にローマ時代に知りあったオリヴェル・ペンサ神父宛に書いた遺書にも似た手紙の末尾の言葉を憶えていた。「私は神のお助けと殉教者の功徳とを信頼している。そしてかつてローマの初代教会でも他の国々でも証明されたことが、殉教者の血によって日本でも起ることを望み、キリストを知る人がふえることを願っている」。それは彼の希望であり、覚悟だったが、とりわけ傍点の「殉教者の血によって」という言葉は我々の心をうつ。彼は本当はこう書きたかったのであろう。「私の血によって」、「私、ペドロ岐部の血によって……」と。

多くの人々の歓声と祝福の声のなかで送られたこの一六二三年の印度洋艦隊の旅は、苦渋をきわめた。出航の午後、既に第一回目の烈しい嵐に見舞われ、総督乗船、サン・フランシスコ・シャヴィエル号の柱は二つに折れ、護衛のガレオン船は座礁した。艦隊はやむをえず、ガリザという港に避難せねばならなかった。

数日後、やっと再出航できた艦隊はその後一ヶ月ほど順調に航海し、四月六日にはカナリヤ群島に着いたが、その後、たえ間ない雨と凪《なぎ》に苦しめられ、ために三百人以上の病人が出た。艦隊乗組員はもとより、宣教師たちも床に伏した。船がやっと風を得て、赤道をこえたのは五月下旬である。

病死者まで出しながら船はその二ヶ月後、喜望峰をまわったが、間もなく第二回目の嵐に会った。嵐のあとは長い凪である。飲料水の不足と食糧の欠乏もはじまった。病人は更に続出し、護衛艦コンセイサン号の艦長まで急死してしまった。

出航後、六ヶ月の九月、息もたえだえに第一の目的地アフリカ東岸のポルトガル植民地モザンビークに近づいた時、今度はサン・フランシスコ・シャヴィエル号が暗礁に乗りあげて横倒しになり、竜骨近くに穴をあけるという不測の事態に見舞われた。艦隊はやむなくモザンビーク港に長期碇泊して、翌年の春の季節風を待つことにした。だがこの碇泊期間にさえも、艦隊はメノモカヤと呼ばれる暴風に襲われ、ほとんどの船が損傷を蒙った。そして一六二四年の三月、ふたたび出発した艦隊は五十八日後、やっとの思いで印度のゴアに到達したのである。

艦隊が泥のようなマンドヴィ河を遡り、やがて河岸の椰子林が尽きて、ゴアの美しい街、教会の塔が見えた時、宣教師たちも乗組員も甲板に集り、やっと救われたという思いだったろう。だが彼等にまじり、ペドロ岐部は岐部で、別の感慨にふけったであろう。思えば数年前、彼はマカオからこのゴアに同じ志を抱く日本人同宿たちと暗い気持でたどりついたのだ。彼等は共に神父になるための勉学をこのゴアで続けたいと思ったが、結局は希望は入れられなかった。そしてペドロ岐部はここで一同と別れ、単身、シリアの砂漠を横断しエルサレム巡礼に旅だったのだ。

別れた日本人同宿のうち、小西マンショやミゲル・ミノエスがその後、海路、ヨーロッパに到着したことはペドロ岐部も知っていた。事実、彼は出発前、リスボアでローマのペンサ神父宛の手紙に小西マンショのことを「霊的にも世俗的にも、よろしくお願いする」と書いている。

小西マンショはおそらく小西行長の娘マリアの子であろうというのが、チースリック教授の説である。彼はペドロ岐部より十三歳年下で、有馬神学校でもはるか後輩だった。彼はペドロ岐部がエルサレムに単独で出発してから一、二年後、ヨーロッパに向っている。一六二三年にローマのイエズス会に入り、岐部の学んだコレジオ・ロマノで神学を勉強している。やがて彼もこの先輩のように帰国する決意を持ち、事実、一六三二年(寛永九年)に日本にひそかに戻るのである。

もう一人、ミゲル・ミノエスについては残念なことにその日本名はわからない。だがミノエスという名から美濃の出身であることは窺えるのだが、彼もまたゴアからペドロ岐部より遅れて船でヨーロッパに向い、ポルトガルのエヴォラ大学で学び、日本人として最初の学位をとった。その後ローマに赴き、イエズス会に入会したが、一六二八年、帰国を決意しながらポルトガルで客死している。

これらの同宿の友人たちが自分より遅れてヨーロッパに行き、今、それぞれの修錬院で神父としての修行を行っていることを考えた時、ペドロ岐部は自分が彼等のために橋頭堡を築く先鋒だと自覚せざるをえなかった。先鋒がもし挫折すれば、あとに続く者は戦意を喪失するかもしれぬ。彼はその意味でも、あとの者たちのために足がかりを築かねばならないのだ。だがこの戦いほど外面的勝敗がはじめから明らかなものはない。帰国する。潜伏する。だが、いつかはその潜伏は発覚し、捕えられ、殺されることは確実なのだ。

しかし、その短い期間、一人でもよい、よろめきかかった日本人信徒を励し、勇気づける。一人でもよい、神を知らぬ日本人に主の教えを伝える。一粒の種を日本の土壌に落す。それが彼の使命でなければならなかった。

ふたたび訪れたこのゴアに、ペドロ岐部がどのくらい滞在していたかはわからぬ。同船していたエチオピア行きの宣教師団と彼はここで別れねばならなかった。エチオピアへ向う神父たちの大半はここで新しい船を待ち、その一部だけは中国に向うことになっていたが、おそらく岐部は単独でマカオに向うため、その便船をゴアで半年以上、待っていたのであろう。

その半年の間、ゴアで彼はふたたびヨーロッパ人の東洋侵略の実態をつぶさに見た。侵略という土台の上にたって布教を行っている教会の実状もあらためて見た。侵略を黙認している基督教教会。それは当然、イエス自身の教えとは背反している行為だった。彼の先輩だった天正少年使節の一人、千々石ミゲルや、またヨーロッパ留学生として彼より先にローマで学んだ荒木トマスも、帰国の途中この実態を知り、この矛盾に気づき、基督教への信頼感を少しずつ失った。前述したようにペドロ岐部もそれに眼をつぶったとは私には思えないのだ。

山田長政とペドロ岐部

かなしいことだが、十六、七世紀、ヨーロッパ基督教団のすさまじい領土拡張慾をローマ法王庁が黙認したことは否定できぬ。

スペインやポルトガルの冒険者たちは探険と征服のために新大陸をアフリカを東洋の諸国を蹂躪し、そこに住む原住民の土地を奪い、追いたてたが、その不当な暴行と虐殺が「異教徒を改宗させるため」という名のもとに行われたこともまた事実である。

イエスの教えとはあまりに矛盾したこういう行為をヨーロッパ基督教国が基督教の布教拡大を口実に行い、しかもそれをローマ法王庁が認めたことを私も認めたくないが、事実を歪める権利はない。教会は、こうした侵略に直接、手は貸さなかったにせよ、自己の領土の拡張を競うスペイン、ポルトガル両国の勢力範囲を指示し、その植民地政策を是認した点では共犯者だったとも言えるのだ。当時の教皇が発した是認の勅書には侵略を唆すような言葉はなく、貿易の発展と原住民の教化、改宗を願うことを力説してはいるものの、しかしこの身勝手な征服慾を非難してはおらぬ。中世時代に十字軍の侵略を認めた教会の思考方法は十六、七世紀にもまだ残っていたのだ。

当時、基督教国の学者は正当戦争（聖戦）として三つの条件を認めていた。それはまず、基督教国が異教徒たちに不当な侵略を受けた時、あるいはそれによって失った領土を恢復する時である。第二に布教対象国で宣教師たちが布教を妨げられ、迫害、圧迫を受けた時である。そして第三に異教徒の国や土地で彼等が基督教の考える人間的道徳を守らない場合である。

これは誰の目から見ても侵略を正当化する口実にすぎない。またこれは明らかに基督教国が領土拡大のために何時、いかなる場合も異邦人の領土に兵を送れるということに他ならない。

こうしてこの正当戦争の口実のもと、スペイン、ポルトガルは神の光の届かぬ異教徒の国に征服者を派遣し、原住民の血を流し、その土地を我がものとすることができた。そして宣教師たちもこの正当戦争の条件を是認していたことは、彼等の一部が、豊臣秀吉の切支丹禁止令に際して、反乱を計画し、長崎に武器弾薬を集めたという事実によってもわかるのである。

我々のペドロ岐部がこうした事情や条件を当時どこまで知り尽していただろうか。留学時代、コレジオ・ロマノの教師や指導神父や級友が彼に基督教国の東洋侵略をどれほど正当化して説明したとしても、ペドロ岐部はスペインやポルトガルに生を受けたのではなかった。彼は侵略を受けている東洋の人間であり、日本人であり、その日本がなぜ基督教を禁止したかの理由は承知していた筈である。

彼が有馬神学校を卒えて同宿だった時、秀吉による最初の切支丹禁止令が発布された。おそらく在日宣教師たちはこの時、禁止令の一因となったポルトガル、スペインの東洋侵略の事実を日本人信徒には弁解したであろうし、ペドロ岐部もその言葉をその儘、信じたかもしれぬ。基督教の布教はまったく純粋な愛の行為であり、そこには西欧基督教国の政治的、領土的野心などふくまれていないと素直に考えたかもしれない。

だが今、彼はその西欧へ向う旅、西欧から戻る旅であのヴァリニャーノ巡察師が天正少年使節たちに「見せてはならぬもの」と考えた事実を見てしまった。有馬神学校の彼の先輩であり、彼より先にヨーロッパを往復した千々石ミゲルに疑惑を起させたもの、また同じようにローマに留学した荒木トマスに信仰を失わせたものを見てしまったのだ。日本の為政者たちがひそかに怖れていたことは妄想でも偏見でもなく、事実であったことを認めざるをえなかったのだ。西欧の基督教国は布教拡大の名のもとに有色人種の土地を奪い、しかもそれを教会が黙認しているという悲しい現実を知ってしまったのである。

ペドロ岐部は動揺した筈である。彼は日本人であることと基督者であることの矛盾に苦しんだ筈である。彼が基督教の神父として教会や法王の絶対性を認めることはこの侵略を土台として拡がる東洋布教を肯うことになる。だがペドロ岐部は有色人種の一人として、東洋人として、日本人として、それを黙認している法王や教会の方針を承認することはできなかった。たとえそれが烈しい信仰の熱情から生れたものであろうと、奪った土地の上に教会を建て、原住民の悲しみや恨みのなかでイエスの愛を説くことの偽善をペドロ岐部は日本人として痛切に感じた筈である。

しかし彼は先輩の棄教者、千々石ミゲルや荒木トマスと同じ路をとっておらぬ。現実に眼をつぶったのではない。彼は帰国の旅の途中、はっきりと教会がイエスの教えとはちがう過失を犯していることを見抜いていた。しかしそれがペドロ岐部の信仰に決定的な動揺を与えなかったのは、この時期、基督教と基督者の行為とを明確に区別したためである。歴史的に基督信者や教会の行為が、そのままイエスの教えを具顕していたとは限らない。教会の行動もイエスの教えから知らずして隔ることさえ数多くあったのだ。しかも教会が信仰の名のもとに他人を苦しめ傷つけたこともある。だがそれはイエスの教え、本当の基督教を歪めるものであり、イエスの教えも基督教も決して、そのようなものではなかった筈である。中世の十字軍の行動は神の名のもとに行われたが、それはイエスの教えから実は遠いものであり、布教の拡大のために、暴力的侵略を黙認した教会は、実はイエスから遠ざかっていたのである。このように基督者や教会の行動が歴史的にいつもイエスの教えと一致したとは、誰も自信をもって言えはしない。

ペドロ岐部が千々石ミゲルや荒木トマスの轍を踏まなかったのは、この基督者の歴史的行為と基督教との明確な区別を認識したためだと思われる。不幸にして千々石ミゲルや荒木トマスは十六、七世紀の西欧基督教会の行動を基督教の教えそのものと混同した。この世紀の教会の過失を、基督教自体の性格と錯誤したのである。彼等は基督教会もまた歴史的に数多くの過ちを犯しながら、より高きものに成長していくのだという「教会の成長」という考えを持ちえなかったのだ。千々石ミゲルや荒木トマスは、この時代の教会の過失を基督教そのものと同一視して、信仰を放棄した。だがペドロ岐部は彼等二人よりも、よくイエスを知っていた……。

長い旅の間、ペドロ岐部はひとつの結論に達した。彼の先輩である千々石ミゲルや荒木トマスが教会の過失をそのまま基督教の本質と混同したように、日本の為政者たちもこの宗教を危険なものとして見なしている。つまりスペインやポルトガルは基督教布教という名目で彼等の国の宣教師を日本に送り、侵略の橋頭堡を作っていると考えているのだ。この誤解を解くためには何よりも外人宣教師ではなく、日本人神父が日本で布教することだ。そしてその日本人神父は西欧教会の過失とイエスの教えとが何の関係もないことを、身をもって同胞に証明せねばならぬ。イエスの福音とイエスの愛の思想は、このような西欧国家の領土的野心とはまったく次元を異にしていることを、為政者にも日本人にもはっきり示さねばならぬ。それが今の日本人神父の義務であり使命だ。ペドロ岐部はそのように結論を出したのである。

だからこそ彼はどうしても日本に戻らねばならぬと思った。他の国や他の安全な場所で布教をすることは、もはや日本人神父である彼には許されぬと思った。この決心は帰国の旅の間、彼の心のなかで日ごと、強まっていったのである。

けれども、そう決意しながらもペドロ岐部はその日本に戻れば、当局の追及、苦難の潜伏生活、逮捕、拷問、処刑が待っていることは熟知していた。日本が近づくにつれ、怖しい予感が現実のものとなって心を苦しめたことも疑いないのだ。もとより彼は祈った。自らの心を励した。イエスの受難を自らのそれに重ねあわそうともした。にもかかわらず、募る恐怖のため心怯むことがあったとしても決してふしぎではないのだ。彼がゴアから日本を目前にするマカオにたどりついたあと、ふたたびシャムに引きかえしたのは、その心の怯みのためではなかったかと私は考える。

十年ぶりで見るマカオ。十年前、彼はこのポルトガル領の町に有馬神学校の教師や仲間たちと共に長崎からここに追放された。そして神父になりたいという夢が、日本の政治状勢と上司の偏見のために挫折した苦い思い出が、この町に残っていた。

ペドロ岐部がたどりついた一六二五年のマカオは、日本との貿易を独占しようとするオランダとポルトガルとの死闘の渦にあった。この時期、日本人が北蛮と呼んだプロテスタント国オランダは、しばしば南蛮カトリック国のポルトガル船を襲い、その貿易に打撃を与えようと試みていた。日本の平戸に商館をおくオランダは、依然として自分たちよりも多くの利益を日本貿易からあげているマカオを衰弱さすために、東支那海に多くの艦船を待伏せさせ、日本に向うポルトガルの定航船を攻撃した。一六二二年には十七隻の軍艦がマカオを砲撃し、上陸を敢行して、失敗したこともある。と同時に幕府にたいしても日葡貿易を断絶しない限り、カトリック宣教師の潜入は防げぬことや、カトリック国の植民地政策を中傷してやまなかった。

そのような状勢下のマカオに着いたペドロ岐部は、ふたたび日本から共に追放された昔の上司や先輩に会った。かつては彼を快く思わなかったイエズス会の上司たちも、独力でヨーロッパまで渡り、遂に神父となったペドロ岐部の熱意には打たれざるをえなかったろう。昔、共に追放された神学校時代の旧友、先輩のなかにはジュスト山田のようにカンボジヤや、アンナン、トンキンの教会に派遣された者もおれば、ロマノ西のようにまだマカオに残っている者もいた。ただ十年前とちがっているのは、多くのポルトガル人と日本人との混血児がここで生活していたことである。幕府はオランダ人の忠告を入れて、この時期、ポルトガル人の日本永住を禁じ、彼等と日本人との混血児たちをすべてこのマカオに追放したからである。一六二五年のマカオにこうした混血児や故国を追われた日本切支丹の男女がかなりいたことは、ペドロ岐部が十年前住んだ聖ポーロ学院の隣に、日本人のための聖イグナチオ神学校が新設されたという記録からもよくわかる。

岐部はこれら日本人から、むさぼるように祖国の状況や迫害の実態を聞いた。切支丹にたいする弾圧がいちじるしく強化されたことは帰国前、マドリッドで既に知っていた岐部だったが、それがどれほど大規模で組織的で峻烈かをここで彼は具体的にひとつ、ひとつ教えられたのである。

日本では徳川秀忠は既に死に、その子、家光が一六二三年(元和九年)から将軍となっていたが、この新将軍は祖父、家康や父、秀忠以上に徹底的な切支丹撲滅を命じた。いかなる大名、いかなる身分の者もこの捜査の眼から逃れることはできなかった。江戸処刑場の札の辻では、幕府の旧臣だった原主水をはじめ、二人の潜伏宣教師をふくむ五十人の基督教徒を火刑する煙がたちのぼった。更に三百人近い容疑者が捕えられ、きびしい訊問の後、その三十七人が火炙り、磔刑、膾切りの処刑を受けた。この一六二三年の全国殉教者の数は不明だが、幕府天領だけでも四、五百人と言われている。

一六二四年は、それまで切支丹たちや宣教師が潜伏しやすかった東北の各地でも、虱つぶしの捜索が行われ、仙台藩、秋田藩、南部藩などでおびただしい信徒が処刑された。一例をあげるなら、この年の夏、秋田の久保田では七月二十六日、五人の切支丹が斬首、八月四日には十四人斬首、八月十六日は横手で十三人斬首という有様である。

マカオの教会ではこうした日本の弾圧と迫害の模様が、手にとるようにわかっていた。迫害の状況は潜伏宣教師からひそかに手紙で報告され、追放された混血児や日本から戻った定期貿易船の船員の口からも伝えられたからである。ペドロ岐部もここマカオで、すさまじい迫害の模様をつぶさに知ることができたのだ。このマカオから彼がマドリッドにいる旧友の日本人神父ミゲル・ミノエスに手紙を送り「この一年（一六二四年）に日本では五百人の殉教があった」ことや「日本に潜伏しているイエズス会神父はわずか十五人」しかいないこと、そして「日本人修道士さえ、日本には潜入することは不可能らしい」と報告していることでもペドロ岐部がかなり日本の迫害状況を知ったことがわかる。そして彼は、日本に密入国する良いチャンスをここで待っているとも書いている。

だがこの一六二四年、日本に潜入することはペドロ岐部が手紙で書いたように、不可能だったのではない。勿論、幕府はあらゆる方法を使って、宣教師や日本人神父が日本に密入国することを防ごうとしていた。しかし日本のすべての海辺にたえず厳重な見張をおくことは実際的に出来はしない。

事実、一六二〇年以後を例にとっても何人かの宣教師はマカオやマニラから、日本にひそかに上陸している。たとえば元和七年（一六二一年）にはイエズス会のポルトガル人神父カストロ、伊太利人神父コンスタンツォ、スペイン人神父ボルゼスの三宣教師がマカオから日本に潜入。同じ年、フィリピンからもドミニコ会のワスケス神父とカステレト神父及びイエズス会のカルヴァリオ神父がひそかに上陸している。

更に元和九年の五月にはマニラから十人の宣教師たちが舟にのって薩摩の久志に到着、その後も捕縛されるまでかなりの期間、長崎附近で潜伏布教を行っていたという事実がある。

こうした事情を見ると、いかに警戒網がきびしく張りめぐらされていても、日本に密入国すること自体は絶対的に不可能ではなかったことがよくわかる。そしてこれら潜伏宣教師の行動を見ても、潜入よりも潜入以後の危険な生活と布教とのほうがはるか困難だったと言えるだろう。

ペドロ岐部がこの事情をマカオで調べなかった筈はない。日本潜入が必ずしも不可能でないことを知りながら、彼がマカオで帰国を一時延期し、シャムのアユタヤまで引きかえした事情は一体、何なのだろうか。

チースリック教授はこの理由は当時、マカオに到着したペドロ・モレホン神父の奨めによるものだろうと推定されている。モレホン神父とは一六一四年の家康の切支丹大追放令まで二十七年間、主として京都を中心にして布教していた宣教師である。彼は秀吉政権下の切支丹武将から深い信頼を受けたが、大追放令の時には高山右近たちと共にマニラに避難せざるをえなかった。神父は一時、ヨーロッパに戻っていたが、一六二五年、マニラにふたたび戻った時、フィリピン総督から依頼を受けて、シャム・アユタヤに拘留されているスペイン人の釈放交渉のためシャムに向う途中、打ちあわせのためマカオに寄ったのである。

モレホン神父とペドロ岐部とがどれほど日本で旧知の間柄だったかはわからぬが、マカオで二人が会ったことが、岐部の日本潜入計画を一時、変更させたことは確かであろう。モレホン神父によってペドロ岐部はマニラやマカオと同様、シャムのアユタヤにも日本人町があり、そこには追放された日本の切支丹たちがかなり住んでいることを知ったのであろう。

それにしてもモレホン神父がもしペドロ岐部にシャムに行くことを奨めたとしたならば、それはどのような忠告だったのだろうか。慎重なこの上司は日本人神父に絶望的な帰国を急がずに、時機の来るのを待てと言ったのだろうか。逮捕と処刑とがほとんど確実な日本で布教する無意味さを説き、それよりシャムに住む日本人信徒のために働くほうが神の意志にかなうと言ったのだろうか。

だがモレホン神父の考えが何であれ、自分自身の運命を決めるのはペドロ岐部である。彼の決意である。日本潜入は必ずしも不可能ではなかったのに、これを口実として帰国を延期したペドロ岐部の行動の裏には、実は心のひるみがあったのではなかったか。

リスボアからこのマカオまでの旅の間、彼は彼なりに殉教の決心、死の覚悟はしてきた筈である。だがこのマカオで彼はあたらしく追放されてきた日本人たちから、幕府の峻烈な訊問と拷問の方法をあまりにもなまなましく知った。火あぶり、水責めはもとより、雲仙の煮えたぎる熱湯につける拷問、弾圧者側はあらゆる残忍な手段と責苦とで切支丹信徒に棄教を迫っている。ペドロ岐部はこのマカオで、はじめて自分が果してそうした拷問に耐えうるかどうかを、現実の問題として考えこまざるをえなかったのである。いかに信仰を持っても、いかに意志を貫こうとしても肉体的な苦痛に耐えきれず、万が一「転んだ」としたならば、今日までの労苦はすべて無になる。徒労に帰す。なぜなら一度、転んだ神父は信徒たちからも蔑まれ、見放され、転びバテレンの汚名は生涯、消えぬのが当時の日本切支丹の状況だったからである。

この時、彼はたじろいだ。絶対に自分は拷問に耐えうると言いきれなかったのだ。彼は、自分の誇りである神父の名を傷つけることを怖れた。よろめいたその心に、モレホン神父の良識的な説得は効果があった。ペドロ岐部が日本の信徒たちの苦しみのなかに飛びこむのをやめ、安全なシャムの日本人町に行こうとしたのはそのためだと私は考える。そして、それを一時的な帰国延期だと考えようとする。人間は自分の弱さにいつも適当な自己弁解をつくれるが、ペドロ岐部の場合もこの時、事情は同じだったのだ。このマカオでは日本に赴く船が見つけられぬから、自分はアユタヤに移るのだ、そこで帰国の手段を講じるのだ、と人にも語り、自分にも言いきかせたのだ。

私の観察では、強固な意志そのものだったペドロ岐部がその生涯のなかで、弱さを見せたのはこれが二度目である。一度目はあの大追放令の時、日本信徒たちを見すててマカオに逃げた時である。二度目は目前に日本を見ながらアユタヤに引きかえしたこの瞬間である。だがそのような弱さをここに至って見せたペドロ岐部を、誰も責められぬ。彼の信ずるイエスさえも、十字架での自分の死を予感した前夜、血のような汗を地に落して苦しんだ。イエスはその苦しみのあと、自分の運命を神の意志として引き受けたが、ペドロ岐部はすぐには引き受けられなかったのだ。

これは一つには彼が自分の神父としての立場を考えたためであろう。迫害下の日本に戻り、神父として万が一、拷問の苦痛に耐えかねて転ぶようなことがあれば、それは彼を信じ、彼を範としようとしている信徒たちにも大きな衝撃を与えることになる。衝撃だけではなく、彼等が持ちこらえてきた信仰や勇気、そして希望まで彼等に失わせるかもしれぬ。一人の神父が転ぶというのは、一人の信徒が転ぶことと同じではないのだ。敵方には勝利の快感と自信とを与え、信者にはとりかえしのつかぬ幻滅と敗北感とを味わわせる。そう考えた時、「自分が日本を離れたのは神父になるためであり、神父として日本に戻るためである」という信念で今日まで生きてきたペドロ岐部は、流石に動揺したにちがいない。

こうしてペドロ岐部はモレホン神父の説得に従い、マカオからシャムのアユタヤに赴く気になった。

マカオ滞在が二年をすぎた一六二七年の二月、ペドロ岐部はようやくマラッカ行きの船をみつけている。これまでも多くの場合、そうだったように彼は客としてではなく、下級船員の一人として船で働きながらこのポルトガル帆船に乗ったのである。

この時期のポルトガル船のマカオ、マラッカ間の航海は決して安全なものではなかった。先ほどものべたようにポルトガルの東洋進出を阻もうとするオランダ艦隊がたえず獲物を狙う鮫のように、この航路の何処かに待伏せしているからである。

ペドロ岐部の乗ったポルトガル船はしばし穏やかな旅を続けたが、シンガポール水道にさしかかった時、突如、四隻のオランダ船が青い水平線にあらわれた。敵船は、積荷を満載して速度の遅いポルトガル船に襲いかかった。勝敗は既に明らかだった。ポルトガル船は戦意を失い、乗組員は捕虜にならぬために先を争って海にとびこみ、ペドロ岐部もまた聖務日禱書、着物、神父たちから託された手紙などを持って船を捨てた。

たどりついたのは無人の浜で、それから二週間、マラッカまでペドロ岐部は盗賊の出没するジャングルを、雨にぬれ、三日間、食べるものもなく歩きつづける。頑健な彼もこの間にマラリヤにかかり、やっとマラッカに到着すると忽ち烈しい熱と悪寒とに悩まされた。だがアラビア砂漠を横断した頑健な体の持主は、五月にはシャムに赴く船をみつけて乗船している。

このマラッカからシャムのアユタヤ王国まで、二ヶ月もかかった。普通は一ヶ月か四十日で行けるこの船旅も折からの天候不順で遅れたとペドロ岐部は書いている。やがて七月の末、船は泥水のメナム河を遡った。椰子の密林が両岸を覆い、その密林のあちこちにシャム人の竹づくりの民家がみえる。畑では黒い牛が働いている。そしてその河と椰子の林が尽きると、首都アユタヤが出現する。壮麗な王宮の塔とそれを囲む仏教の寺院の塔とが陽にきらめく。ペドロ岐部は日本に帰るかわりに、また新しい異国の町をひとつ見たのである……。

ペドロ岐部がやっと上陸できた一六二五年のアユタヤ。それはプラ・インタラジヤ王、別名ソンタム大王の都であり、濠のようにメナム河が街を流れ、街をかこみ、シャム人だけではなく種々雑多な国から移住民が流れこんでいた。『新旧東印度誌』の著者であり、当時この都を見聞した仏人、フランソアア・フランタインの報告によると、ここにはシャム人、ペーグ人、中国人、マカッサル人、マレー人、コーチ支那人、カンボジヤ人、ポルトガル人、オランダ人と日本人がそれぞれ居留地を持ち、それぞれの統率者の下で生活していたという。

日本人の町はアユタヤ王城の南、メナム河の東岸にあって、対岸にはポルトガル人居留地があり、オランダ人居留地とも近かった。慶長の末年頃から故国を追われた切支丹や貿易商人たちがこのアユタヤに定住しはじめ、再三、火事にはあったが、ペドロ岐部がこの町に着いた頃はその全盛期にあたり、岩生成一教授の推定では、日本人の数は、千人乃至千五百人ぐらいだったようである。

町はフランタインの報告しているように、選任された統率者が日本的な法律や習慣で在留邦人を率い、ソンタム国王の任命したシャムの官吏の指示は受けていたが、一種の条件つき治外法権をもった自治居留地だった。

ペドロ岐部の居留した一六二七年頃の日本人町の統率者は、あの有名な山田長政である。元和三年(一六一七年)か四年の頃、日本からこのシャムに渡った長政は、最初は商売に手を出していたが、次第に頭角をあらわし、ソンタム国王からオコン・チャイヤ・スンという爵位を与えられ、日本人傭兵隊長として王宮に出入りするようになった。彼はシャムの鹿皮、鮫皮、蘇枋木等の産物を日本に輸出する貿易も一手に握って、徳川幕府の信頼も篤かった。その麾下には七、八百人の日本兵がいたと言う。

岐部はアユタヤに上陸後、ただちにモレホン神父たちと連絡をとった。マカオで別れたモレホン神父は一度、マニラに戻ったあと、岐部に先だつ一年前にシャムに向って出発し、先にこの地に滞在していたのである。神父はフィリピン総督の依頼を受けて、当時、この町で捕虜になっていた三十人のスペイン船員の釈放をソンタム王に求めていたが、この交渉はあまり思わしい成功は収められなかった。しかし、シャム王宮から自由な布教活動を行う許可をえたモレホン神父は、マカオから連れてきたロマノ西修道士と、アントニオ・カルディム神父にこの布教の仕事を命じていた。

ロマノ西はペドロ岐部にとって有馬神学校の八年先輩にあたり、共にマカオに追放された修道士《イルマン》である。三年前、日本帰国を決意してマカオまでやっとたどりついた岐部は、そのロマノ西が依然として然るべき仕事もなく居残っている姿を見たが、ふたたびこのアユタヤでやっと布教の場所を見つけた彼に再会した。ロマノ西とカルディム神父は着のみ着のままの水夫姿で、しかも病みあがりの岐部を日本人町の有力な信者の家に下僕として働かせることにした。

ペドロ岐部は、しかし自分が神父であることをかくしていた、とその手紙に書いている。

「(ロマノ西やカルディム神父たち)の住居はヨーロッパ人の町にあり、私は日本人町の立派な信者の家にいた。両者は二哩離れている。私が神父たちと毎日または頻繁に交際するとあまり目立つので週に一、二度、訪れるだけでその機会にはミサを献げた」(一六三〇年五月、ローマ宛書簡)

日本人町の切支丹信者たちにさえ、神父であることを出来るだけかくしていたというのは、当時のペドロ岐部に一度は鈍った帰国の意志が再燃したことを示している。なぜならこの時期、日本＝アユタヤを往復する御朱印船や貿易船は、幕府の厳命によって詳細な乗員名簿とその宗派を届け出ねばならず、帰国の機会を狙うペドロ岐部には、公然と神父であることを皆に教えるわけにはいかなかったのである。この一六三〇年の彼の手紙の一節は、ペドロ岐部が一度は動揺した自分の行動に、やはり満足できなかったことを暗示している。

そう、日本人神父でありながら迫害と弾圧にあえぐ同胞信徒を見すて、このアユタヤに来てしまったこと。西欧諸国の侵略や植民地主義とは全く違うイエスの福音を日本人たちに命を賭けて示す使命を今怠っているという意識は、アユタヤに来たペドロ岐部をやはり苦しめたのである。

やはり日本に戻ろう。そのためにはフィリピン経由でマカオにふたたび引きかえそう。ペドロ岐部はアユタヤで、そう考えはじめる。だがマカオに行くための便船はあっても、日本人が船員として雇われるためには、きびしい身元調査が行われたため、一六二七年から一六三〇年の間、ほぼ二年半をペドロ岐部は、このアユタヤで日本人切支丹の下僕として働いただけで、ほとんど無為に過している。

彼が日本人町の統率者、山田長政と会ったという記述は、その手紙にも他の資料にもない。しかしペドロ岐部が、この悲劇的な英雄である山田長政の最も波瀾万丈だった生涯の一時期を、その眼ではっきりと見たことだけは疑いない。

ペドロ岐部が滞在した一六二七年から三〇年のアユタヤでは、王宮では血みどろの権力闘争がくり展げられた。一六二八年、ソンタム大王は病にかかり、その死は間近になったが、宮廷内ではその王弟を継承者としようとする派と、大王の王子ゼッタを後継にしようとする両党派が陰謀術策をめぐらして、争っていたからである。この闘争が山田長政に有利な立場を与えた。両派とも、日本兵を率いる山田長政を味方にひきこもうとして、それぞれ工作を続けたからである。だが長政は王子派に与しながら、その態度を曖昧にしていた。

一六二八年の十二月、ソンタム大王が崩御すると、王子派はただちに行動を起した。王弟派の高官は逮捕され、その邸宅、財産は没収、有力者たちは首と手足を斬って処刑された。この時、王子ゼッタ派に与した山田長政はその後も王子を擁立した宰相（オマ・カラホム）と手を握った。彼の率いる日本人兵たちは、宰相の忠勤な親衛隊となった。長政は宰相の命に従って、王子派にとって癌となった王弟の暗殺を企て、謀計をもってこれを捕え、洞穴に閉じこめている。

山田長政と日本人たちはあくまで故ソンタム大王にたいする忠誠心から王子派についたのだったが、宰相オマ・カラホムのひそかな野望を見ぬけなかったところに、彼等の悲劇がはじまった。狡猾な宰相カラホムはその後も長政と日本人たちを利用して力を蓄え、やがて自分が擁立した新王ゼッタをも殺害し、新王の弟でわずか十歳のアチチアオンをたてて、国政を掌握した。はじめて宰相の陰謀と術策に気づいた長政は、懸命にこれに抵抗しようとするが、かえってその術中に陥った。宰相はリゴール（六崑）の王という栄位を長政に与えて、これを籠絡し、長政は一六二九年日本兵を率いて任地に赴くが、この地で宰相のために毒殺されるとは夢にも考えなかった。彼は戦国時代の男として、自分の王国を持つことに悦びを感じていたのである。ソンタム大王の死から山田長政の死までの三年間は、文字通り、王宮内で息つく暇もないほどの闘争がくり展げられ、反対派や反主流派が殺され、長政とその統治する日本人町もその渦中に巻きこまれた期間である。それなのにアユタヤ生活をローマの友人に語るペドロ岐部の手紙には、これについて一行として触れていない。まったく、ここに住む日本人たちの運命にさえ無関心だったようにみえる。だがペドロ岐部は三年間のアユタヤ滞在中、山田長政という一人の男が異国にあって、次第に出世し、栄達していく過程をつぶさに目撃したのである。長政が勝利を獲るたびに起る日本人町の歓声も、リゴール王として出陣していくその晴やかな姿も耳で聞き、眼で見たのである。しかし、ペドロ岐部はその光景にも眼をつぶる。興味も抱かない。関心も寄せない。まるで長政を、自分とはまったく違った世界に住む別の人間のように考えている。

けれども長政とペドロ岐部とは、あの十七世紀初頭の日本人として同型の人間である。彼等は共に日本を捨て、日本の外に走った。彼等は共に日本をこえた国際人であろうとした。彼等は共に自分の創る国を夢みた。だが長政が地上の栄達を考え、日本を離れた場所に日本人の王国を得ようとしてリゴールに赴いたのにたいし、ペドロ岐部は日本に戻って神の国をそこに築こうとした。長政がその地上王国のために死を賭けたように、岐部もこの神の国に死を賭けた。地上の王国と神の王国。二人の夢みたそれぞれの王国はあまりに離れ、あまりに次元を異にしていた。

アユタヤという暑いシャムの都で長政とペドロ岐部が、一度でも言葉を交したかどうか、知るよしもない。しかし二つの運命は、この都でかすかに触れあい、そして永遠に別れたのである。

リゴールで、山田長政が宰相カラホムの罠にかかり、毒を傷口にぬられて死んだ一六三〇年、ペドロ岐部はようやくフィリピンに向う船を見つけ、アユタヤを離れている。長政が知らずして死のリゴールに出陣したとするならば、ペドロ岐部は死を覚悟して日本に戻るべく、フィリピンに向っていたのだった。

地獄の長崎で

「約二年、上記の町（アユタヤ）に滞在し、主の御名において日本に渡る幸便を見つけようと手を尽したが無駄でした……。そこでマカオに戻ろうと機会を求めていた時、ちょうど二年前のドン・フェルナンド・シルヴァの船（シャムによって抑えられたスペイン船）の荷の返却を求めマニラ総督から船が送られてきました。この機会に私はフィリピンに渡り、そこからマカオに行くことにしたのです」（一六三〇年五月、マスカレニャス神父宛、ペドロ岐部書簡）

一六三〇年アユタヤからペドロ岐部が行ったマニラは――当時、日本人が呂宋《ルソン》という字をあてはめたこのスペイン領の島のマニラは、ポルトガル植民地のマカオと並んで日本との関係が最も深く、日本人が最も多く住んでいる街だった。貿易商人はもとより、一六一四年の大追放令で日本を追われた切支丹信徒たちが、マニラ郊外のディオラ村とサン・ミゲル村を中心にして町を作り、その数は最盛時の一六二〇年から一六二三年の間には、実に三千人にも達したと報告されている。

切支丹禁教令以来、年々ここに避難してくる日本人信徒の数がふえるにつれ、フィリピン当局はマカオと同様その処置に困《こう》じ果てた。自尊心の強い日本人たちのなかにはここを支配するスペイン人に必ずしも同調せず、時には暴動を起したり、時にはスペイン、ポルトガルの仇敵であるオランダに内通する者も出て、必ずしも両者の関係は友好的ではなかったからである。

にもかかわらず、追放切支丹の信徒たちはこの街では故国とちがって安全に自分たちの宗教的な義務を守ることができた。だがマカオやアユタヤの日本切支丹と同じように、彼等も二度と故国には戻れぬ運命を背負わされていた。ここで骨を埋めるか、あるいは危険を覚悟で日本に密入国するより方法はなかったのだ。

マニラの日本切支丹を掌握していたのは、岐部の所属するイエズス会ではなくフランシスコ会である。またドミニコ会も日本人信徒のため教会を作るほか、イエズス会の有馬神学校にも似た日本人子弟のための学林を一六二〇年にマニラ市に創設している。徳川幕府の基督教弾圧に絶望したイエズス会が日本布教を諦めかけた時、フランシスコ会やドミニコ会はむしろ積極的にこうした学林で教育した日本人子弟を、日本に密行潜伏させようという大胆不敵な計画をたてていたのである。

マニラに着いたペドロ岐部がこのディオラとサン・ミゲルの日本人町にただちに赴いたこと

は疑いない。なぜならそこには十五年前の大追放令で彼と共に日本を追われた、「マニラ組」の旧有馬神学校の旧友たちがいることは確かだったからだ。

追放の日、「マカオ組」に属したペドロ岐部たちが比較的、無難な航海をしたのにたいして、「マニラ組」は小さな船に寿司詰めにつめこまれ、しかも嵐にあい病死者まで出しながらマニラ港にたどりついている。これら乗客に高山右近や内藤寿庵のような切支丹大名もまじっていた。

その後、有馬神学校の卒業生のなかには、ここで神父になった者もいる。また神父になった後、ペドロ岐部と同じように死を覚悟で帰国する決意をかため、事実、日本に戻って殉教したディエゴ結城のような者もいる。

おそらくサン・ミゲルの日本人町であろう。ペドロ岐部は予想通り、なつかしい顔を発見することができた。追放の長崎で別れてから十五年、かつて若かったお互いの顔は壮年のそれに変ったが、一目見ただけで思い出す先輩の一人である。それは神学校が一六一二年から追放のあった一四年まで長崎に移った頃、ラテン語文法の教師をしていた先輩のミゲル松田だった。

ミゲル松田はこのマニラで神父となった。だが彼もまた日本に潜伏布教することを志し、一度はその途上、船が難破して中国人の捕虜となり、長く中国の牢につながれていたこともある。この話はマカオに戻った時、ペドロ岐部も耳にしていただけに、無事なその顔を見て悦びはひとしおだった。

ペドロ岐部は松田神父が依然として迫害下の日本に戻る決意のあることを知って悦んだ。二人は共に帰国する計画をたてることにしたが、この計画にやはりマニラに住む伊予ジェロニモ神父が加わった。伊予もまた有馬神学校の卒業生だったが、当地では、フランシスコ会に属していた。

マカオやアユタヤでは帰国の希望を断たれたペドロ岐部は、このマニラに住んで、雰囲気がすべて違うことにすぐ気がついた。イエズス会と異なり、ここの日本切支丹を指導しているフランシスコ会は、日本人神父が迫害下の日本に戻ることを勇気ある行動と見ていたし、日本人町の同胞信徒にもそうした計画を支持する者がいたからである。これらの信徒はフィリピンで叙品された日本人の神父を迫害下の故国に送ることを教会に具申したこともある。

こうした雰囲気のなかでペドロ岐部たちは計画を進めた。まず日本人信徒のなかから信頼できる船乗りたちと船とを雇った。船乗りたちもこの同胞神父の死を覚悟の帰国に興奮し、自分たちも殉教を決意して船に乗ることを承諾してくれた。ひとつの小さな共同体ができあがった。

だが万一でもこの計画が外に洩れることがあってはならぬ。密告者はどこにでも存在するが、このマニラにも幕府の放ったスパイがいないとは限らない。三人の神父はごく少数の上司にだけ計画をうちあけ、その許可を求めた。マニラ管区長のブエバ神父、スペイン総督の聴罪司祭コリーニ神父、そしてアユタヤからここに戻って神学校の院長となったモレホン神父などがその計画を知っていた上司だった。

三月二日、ペドロ岐部と松田ミゲルの両神父と日本人船員たちはマニラを去って、マニラ湾に近いルバング島に移った。最初に計画に加わった伊予ジェロニモ神父は別の船に乗ることになり、とりあえず岐部と松田とが先に出発することになった。後年、小野田少尉がかくれ住んだあのルバング島に彼等が移動したのは、出帆が人眼につかぬためであり、航海に適した六月の季節風を待つためだった。「主の慈愛が我々の航海と計画とを祝し給い、守り給わんことを」とペドロ岐部はこのルバング島で次のような手紙を書いている。「我々は何よりも我々の父（イエズス会の創立者）聖イグナチオと使徒のフランシスコ・シャヴィエルの助けを絶えず乞うている。我々が彼等にふさわしい子供でなく、そのためにこのような大事業をなしとげることを、我々の罪のため神がその御助けを拒み給わぬように」

三ヶ月の間、海べりの小屋で航海の準備と祈りとの共同生活が続いた。死を覚悟するため、二人の神父は勿論、日本人船乗りたちも共に祈り、共に励しあう毎日を必要としたのだ。出陣にも似た熱気と興奮とがこの小さな共同体を異様なまでに包んだことは、次のモレホン神父の手記でもよくわかる。「出帆準備ができあがったある日のこと、神父たちは私のところにやってきた。彼等は元気のない声で、また出発に支障が起きたと言った。それによると、ただの船乗りとして同行する日本人たちが船長、水夫長など格のある肩書きをもらえねば乗船しないと言いだしたのである。それはこの数年間たびたびあったことだが、日本到着の折神父が発見されると、水先案内人、船長、船長補佐も捕えられ、処刑され、ただの船員はそのまま見逃されると言うのが、その理由だった。つまり彼等はキリストのために血を流し、生命を捧げたいと望んでいたので、事情を知ってこうした肩書きや役目なしには行きたくなかったのだ」

だが出発を前にしたその六月、彼等は「人間の計画がいかにはかなく、もろいものかを知らされた」(ペドロ岐部書簡)。「既に万端の準備ができあがった時、船が白蟻というより、虫にまったく喰いつくされ、今は手の施しようもないまでになっていることがわかった。なぜかと言えばこの地方には鉄、瀝青、その他すべてがないからである。おまけに僅かの間にすべてを完了させねばならない」(同上書簡)

六月を逃しては季節風にのることはできぬ。あせった彼等に思いがけぬ援助者があらわれた。ルバング島の主任司祭マルチン・デ・ウレタ神父である。彼は船の修理に智慧を貸し、虫の喰った船の内側から板で目張りをして一応の応急措置をすることができた。

不完全だが、これで出航するより仕方がなかったのだ。

ルバング島を出帆した後、バシー海峡を無事通過し、黒潮にのったペドロ岐部たちの船は、日本を目指してよろめくように北上しつつあった。十六年の間はなれていた日本。その日本は間近である。ペドロ岐部にとっては遂に彼の生涯の約束を果す時が近づいたのだ。迫害の日本信徒を一時見すてたのは神父として戻るためであり、神父となった現在、彼は帰国の誓いを守らねばならない。彼は見すてられた日本信徒のために生き、苦しみを分ちあわねばならない。

航海ははじめは順調だった。白蟻の喰った船だが熱意に燃えた船員の努力で、一同は峨々たる台湾の山を西にみながら日本の南端を目指して進んだ。やがて琉球の島々があらわれる。琉球を通過すれば薩南諸島が姿をみせる。

雲行きが怪しくなった。波が荒れはじめた。薩南諸島を通った時、遂に烈しい嵐の渦にペドロ岐部たちの船は巻きこまれた。巻きこまれた船は口之島の岩礁にぶつかった。

この時、口之島の前之浜の漁師たちがこの難破船を目撃していた。救助の作業にのりだした漁師たちは勿論、助けた連中のなかに禁制の切支丹神父が二人まじっているとは夢にも知らない。純朴な彼等は二人を貿易船の商人だと思ったのである。親切にも彼等は嵐がおさまれば、自分たちの舟で薩摩まで送り届けることを約束してくれた。

日本を前にして船が難破したことは、ペドロ岐部と松田ミゲルとのこれからの運命にとっては不吉な暗示だったかもしれぬ。だが彼等は決してそうは考えなかった。やがて日本で受ける試錬にくらべれば船の難破など物の数でもなかったのだ。

嵐が去り、海がまぶしい夏の光に穏やかにかがやくと、二人の神父は口之島の漁民の漕ぐ舟に乗りこんだ。薩摩の坊ノ津に——十六年ぶりで踏む九州に向って彼等は今、出発する……

日本。ペドロ岐部と松田ミゲルが到着しようとしている一六三〇年（寛永七年）の日本は相変らず徹底的な切支丹捜索と苛酷な拷問、処刑とが各地で続いていた。その一つ一つを語る余裕はないが、やがてペドロ岐部が潜伏する長崎地方について言えば、前年（一六二九年）切支丹たちの墓まであばき、その死骸を見せしめに曝すほど厳しい態度をもってのぞんだ新奉行竹中重義（采女）は日本人信徒を処刑するよりも棄教させることに重点をおき、いかなる説得にもかかわらず棄教せぬ者を雲仙に連れて行き、有名な「熱湯責め」という拷問にかけていた。

この熱湯責めは今日雲仙で「雲仙地獄」といわれている硫黄の熱湯が噴出する谷間で行われた。連れてこられた信徒たちは首に大きな石を吊され、裸にされて、熱湯をかけられ、その熱湯に漬けられるのである。

「山上に着いた時、噴火口と悪臭の熱湯が噴出するのが見えた。空中にただよう硫黄の蒸気によって、我々が後に体験した熱湯のすさまじさを感じとることができた」とこの拷問の体験者デ・ヘスス神父は書いている。「それは金曜日の午後三時頃だったが、五人の奉行は部下と兵卒とを率いて、我々を拷問の場所につれていく用意をし〝地獄〟のそばの小高い所に我々を立たせた。硫黄の熱湯は飛沫が一米以上も高くはねあがるほど烈しく噴出している。熱湯は一人、もしくは数人を並べてかけられたが（これはしばしば行われた）、かけられると忽ち骨がほとんど露出するほどのすさまじいもので、二度目には骨がむき出しになった」

後に穴吊しという拷問で棄教したイエズス会のクリストヴァン・フェレイラ神父の報告によると、雲仙に連れて行かれた信徒たちには女もまじっていたという。彼等はそれぞれ四人の警吏に押えられて、その裸の体に四分の一リットルほどの熱湯を三回かけられる。しかも苦痛が長びくよう、柄杓《ひしやく》の底に穴をあけ、ゆっくりと垂らす方法がとられた。拷問は一日で終るのではなく、数回にわたって行われることもあった。

拷問のあとまだ棄教しない信徒は小屋に連れて行かれ、足と手を鎖でつながれ、藁の上に寝かされ医師の手当を受けた。助けるためではなく生かして第二回目の熱湯責めを行うためである。信徒たちは一日に一椀の飯と鰯しかもらえなかった。

竹中重義の考案したこの拷問はある程度は成功した。苦痛に耐えかねた信徒のなかには遂に棄教する者も出たからである。だが他方毅然としてあくまで自分の信念、自分の信仰を貫き通す強い者たちもいた。拷問に転んだ者には神がその愛にかかわらず、かほどの責苦を受けている自分たちを助けようともせず、沈黙を守っていることが耐え切れなかったのだ。神がなぜ、これほどの苦患を信徒たちに与えるのか、その意味をはかりかねるようになったのである。一方、あくまで拷問に屈しなかった者はこの責苦をやがて自分たちが受ける永遠の至福のための試錬と考えた。彼等はその時、イエスもまた同じような肉体の苦痛を生前、味わったことを思い出し、イエスの受難に倣おうとしたのである。拷問のなかで神のおそろしい沈黙を感じた者は棄教し、神もまた自分と共に今、苦しんでいるのだと考えた者はこの責苦に耐えぬこうとしたのである。

日本。ペドロ岐部と松田ミゲルが口之島の漁民たちの漕ぐ舟で今、上陸しようとする日本は切支丹信徒にとって血みどろの戦場だった。転び者となって生きながらえるか、それとも信仰を貫いて死ぬかの二つしか路のない戦場だった。

口之島を出て数日後、二人の神父はようやく薩摩の山々を見た。七月の烈しい陽光は油をとかしたような海に反射し、山も浜もうだるような暑さのなかでひそまりかえっている。だがそのひそまりかえった静寂は二人にとって、かえって不気味である。

やがて舟は小さな湾にすべりこむ。坊ノ津である。往時、中国や琉球の船が、またこの時代、時折、ポルトガルの船が入港する港である。入国審査の役人たちは口之島の漁民の言葉をそのまま信じた。ペドロ岐部と松田ミゲルを商人だと思い、入国を許可した。第一の難関はこうしてどうやら突破できた。今、十六年ぶりで踏む日本の土。マカオにいる時もゴアにいる時も、アラブの砂漠を渡りエルサレムを訪れた時も、そしてヨーロッパで学んだ間も片時も念頭から離れなかった日本。その日本が今、足の下にある……。

上陸後、岐部と松田がどこに長期潜伏しようと考えていたのかは、よくわからない。一六三一年に書かれたジョアン・デ・プラエスの報告によると、岐部は日本で出会ったポルトガル人の有力者に自分の過去を語り、京都に向う気持だと語ったとのべられているからだ。しかしこのポルトガル人と彼が坊ノ津で出会ったのか、それとも、しばし潜伏していた長崎で会ったのかは不明である。

いずれにせよ、上陸後の岐部と松田とはなつかしい長崎に赴いている。これは当然のことで長崎ならば迫害下にもかかわらず、何とか潜伏宣教師や信徒とも連絡がとれ、上司に自分たちの帰国を報告し、その後の指令を仰ぐことができると二人が考えたからであろう。

考えていた通り、この一六三〇年でも長崎とその周辺にまだ潜伏神父たちがひそんでいた。前年十一月、新奉行、竹中重義による一斉検挙によって何人かの聖職者が捕えられたことは大打撃だったが、残った潜伏神父たちは信徒たちの命を賭けた協力のもとに、洞穴や山中、あるいは秘密のかくれ家に身をかくし、組織的な地下活動を続けていたのである。

これらの神父たちの潜伏生活の一端はその前年の十一月に逮捕された石田アントニオ神父の手記の一節からもうかがえる。この神父はペドロ岐部よりも十五年早く有馬神学校に入学し、卒業後は天正少年使節だった伊東マンショ、中浦ジュリアンたちとマカオに留学した後、帰国してイエズス会の神父となった。一六一四年の切支丹追放令後も彼は日本に潜伏して主として中国地方で地下活動したのち、長崎で捕縛されたのである。

「私はすぐ（危険の少ない）大村に戻るつもりで長崎に出かけたのだが、告解をする信者が多く、六日間留まらねばならなかった。ようやく大村に帰ろうとした時、奉行の下役人が多数、大村の私の隠れ家に向ったという知らせを受けた。修道者がそこにひそんでいるという噂を彼等は聞きつけたのである。私は事の成行を窺うため、長崎に残った。

ところがアウグスチヌス会のグチエレス神父が捕縛された。ために長崎の私の宿主は私に家を出てほしいと言った。そこで私は翌晩ディエゴ久兵衛の家に行った。この人は私が前の宿主から追い出されたのを聞き、自分の家を提供してくれたのだ。だが私は彼にも迷惑をかけたくなかったから、翌日、私の同宿を別の家に行かせた。

四日目、ミサをたてながら私は神に心から自分の命を捧げようとした。朝食が終った時、外が騒しくなり、竹中采女の家来が刀をおびてあらわれた。彼は私に石田かとたずね、私はすべてを理解して答えた。『私は神父で修道者です』『お前を逮捕する』その言葉が終ると取手が雪崩こんできた」

こういう危険きわまりない長崎にペドロ岐部は松田神父と共に姿をあらわした。日本切支丹の戦場に遂に参加することができたのだ。苦しんでいる信徒たちを力づけ、拷問と死とを怖れて信仰を棄てようとする者を励し、秘蹟を授け、告解をきき、彼等と共にその苦悩をわかちあう潜伏神父の一人となったのである。

当局の捜索にもかかわらず、潜伏宣教師たちは統制のある組織を持っていた。岐部たちの属するイエズス会は管区長を持ち、その指図に従って行動し、また迫害下の日本の状況について報告と連絡とをかわしていた。当時イエズス会日本管区長は日本滞在、実に四十三年のマテオ・デ・コーロス神父であり、一六〇九年から有馬神学校の校長だった人である。彼は当時、深江に潜伏していたから、ペドロ岐部は当然、かつての恩師の一人に自分たちの帰国を報告したに違いないし、その指図を受けて長崎にかくれたと思われる。

潜伏神父たちは細心の警戒を払ってはいたが、なかには「伴天連金鍔」と呼ばれる一人の日本人神父トマス落合のように大胆きわまる行動をとった司祭もいる。彼はペドロ岐部よりもずっとあとに有馬神学校に入学し、あの追放令の時、岐部たちと共にマカオに送られた一人である。ペドロ岐部がヨーロッパ留学を目指して小西マンショ、ミゲル・ミノエスたちとゴアに向って旅だったあと、トマス落合は日本に戻り、同宿として潜伏生活をつづけた。しかし岐部と同じように神父になりたいという熱願を捨てられなかった彼は更にマニラに赴き、そこでアウグスチヌス会に入会、勉学の後、ようやく神父になった。しかし彼もまた岐部と同様、日本に戻る決意をして岐部に遅れること一年後の一六三一年に日本にひそかに戻ったのである。

長崎に潜伏したトマス落合は大胆不敵にも長崎奉行、竹中重義の馬丁となっている。この仕事の利点を利用して奉行所に捕えられている宣教師と接触し信者たちとの連絡を勤め、自分のわずかな日当をさいて牢内の神父を援助したのである。だがこうした大胆な行動が実行できたのも、神父とそれを援助する信徒によるひそかな地下組織があったからである。だが逆にこの地下組織の一員がもし捕えられ、転んだとするならば、その組織の秘密はすべて奉行側に筒ぬけとなる。奉行側もまたこの転び者をスパイにするように努めていたから、潜伏宣教師たちの大半はこのスパイの密告で捕えられたのである。

岐部たちもそれら潜伏司祭と共にこうして長崎で危険きわまりない潜伏生活を続けた。この間の彼の行動について詳しく知る資料はない。しかし飢えと洞穴での生活と危険とは岐部たちにとっては苦しいが耐えることができただろう。岐部の頑健な体はまだそれを越える力を持っていた。だが信じていた信徒に転び者が出て、その転び者が密告するのを見るのは耐えられなかった。転び者の密告で信徒たちが捕えられるのを知っても、それを助けることができぬのは耐えられなかった。

こうして一年たった。二年たった。二年後の一六三二年（寛永九年）、前将軍秀忠が没し、一六二三年（元和九年）から将軍職にあった家光の独裁が始った。家光は祖父家康以来の切支丹禁止令にかかわらず、なお潜伏宣教師が日本の各地にひそみ、信徒が残存することを激怒して徹底的根絶を命じた。長崎奉行、竹中重義はその厳命を受け、かねてから大村、長崎の牢に入れておいた神父、信徒たちに西坂刑場で、次々と火刑、斬首の刑を執行した。たちのぼる火と煙のなかに死んでいくこれらの殉教神父のなかには、前記の石田アントニオ神父がいる。更にあのルバング島で帰国計画を共にたてた伊予ジェロニモもまじっていた。伊予は岐部や松田と同じ一六三〇年に、別の船で日本に密入国したのだが不幸にしてこの一六三二年に逮捕されたのだ。

それらの先輩、同僚を火刑にする炎と煙とを、群衆にかくれてペドロ岐部は凝視しただろう。その時、彼は何を考えたか。やがて来る自らの最後の光景を考えなかっただろうか。だがそれがいつ、来るのかはわからないのだ。確実なことは遅かれ早かれ、自らもまたあのように殺される。それまで生きのびねばならぬ。生きて信者たちの支えとならねばならぬのだ。

だが悲しみもあれば悦びもあった。悦びというのはこの同じ年、小西マンショが神父となってマカオから中国人のジャンクに乗り、実に五ヶ月を要して日本にたどりついたのである。小西行長の孫にあたるこの小西マンショは、岐部と共に十八年前にマカオに追放され、その後共に神父たらんと志してゴアまで渡った仲間の一人である。小西は岐部に遅れてローマで学び、たがいに誓いあった通り、日本に戻ってきたのだ。死ぬための帰国。帰国した時、小西の髪は航海の労苦のため白くなっていたと言われている。

だがこの一六三二年はまだ良かった。翌年の一六三三年（寛永十年）こそ長崎とその周辺との潜伏宣教師にとっては最も怖しい年になった。この年の三月、奉行の竹中重義が幕府から解任され、その子と共に自決を命ぜられる事件が起った。長崎奉行の権力を利用した収賄の容疑があったからだ。後任の奉行は曽我又左衛門と今村伝四郎の二人が任命されたが、この二人の着任と同時に竹中時代にもまして徹底的な切支丹捜査が開始された。新奉行たちは切支丹を虱つぶしに発見するために、五人組連座という制度と絵踏みとを住民全員に命じた。

五人組連座とは長崎住民を五人を単位として組を作らせ、たがいに監視しあう制度である。もしそのなかの一人でも切支丹だったり、潜伏宣教師と関係する者が出れば、その家族は勿論、五人組の他の四人も同罪にするという方法である。この方法はたしかに効果があった。これ以後捕えられた神父たちの多くは、密告によって居場所を発見されているからだ。一方、絵踏みとは長崎住民のすべてを寺に登録させ、正月、切支丹でないことを証明するため、基督もしくは聖母マリアの絵（後に銅板になった）を踏ませる方法である。当時の切支丹信徒は純朴そのものだったから、「たとえ足かけても上気し、鼻息あらくなり」そのためにその心がわかったと言う。

敵も味方も必死だった。新奉行の徹底化したこの心理作戦に潜伏宣教師たちは追いつめられ、かくれ場所を失った。彼等は今日までの味方だった信徒さえ何時、転ぶかわからぬという不安に襲われた。何よりも辛いのは、信頼すべき信徒まで疑わねばならないことだった。「この年、日本では各会の聖職者三十四人と日本切支丹信徒四十六人とが落命した」とパジェスは報告している。その三十四人の聖職者のうち、二十四人が岐部の所属するイエズス会員だった。

捕えられた者はただちに拷問にかけられるとは限らない。あの「熱湯責め」を行った竹中重義でさえ、逮捕した宣教師たちを理をもって説得するため、仏僧などを使って理論的に折伏しようとしている。それに肯んじぬ時は、はじめて拷問、拷問に屈せぬ時は処刑を行った。竹中時代の拷問は雲仙の「熱湯責め」だったが、二人の新奉行は「穴吊し」という新方法を採用した。犠牲者を長時間、地獄のような苦しみにあわす方法である。まず縄で体を幾重にも縛り、汚物の入った穴に逆に吊す。勿論、水も食物も与えない。逆流した血は眼や鼻から流れ、意識混濁する。長崎で使われたこの拷問は、以来幕府も採用し、これ以後、潜伏宣教師にとって最も辛い試錬となった。穴吊しの最初の犠牲者はイエズス会修道士で近江出身の福永慶庵で、彼は四日間、穴に吊され絶命した。

長崎は有馬と共にペドロ岐部には思い出深い町である。一六〇〇年、この長崎に一時移転した頃の有馬神学校に、彼は弟と共に入学したのだ。その学舎で共に机を並べた仲間、親しく勉学を助けてくれた先輩、ラテン語と宗教学を教えてくれた恩師たちが、次から次へとこの年捕えられていった。

たとえば岐部の神学校時代の先輩で有馬神学校の頃、ラテン語の教師をしていた修道士伊予ジュストは潜伏していた伊予で逮捕され、長崎に護送されてこの年穴吊しにあって死んでいる。あの天正少年使節の一人で岐部が神学校の生徒だった頃、補導教師だった中浦ジュリアン神父も豊前の小倉で捕えられ、長崎に送られて同じく穴吊しの拷問のため息を引きとった。「我はローマに赴きし中浦ジュリアン」というのが彼の最後の言葉だった。

鼠のように追いつめられ、昨日一人、今日一人と言うようにそのかくれ家から引きずり出される神学校時代の恩師や先輩、友人たち。そして彼等が奉行所に引きたてられると、もう消息はわからなくなる。はなばなしい殉教の場面を見ることもできぬ。穴吊しの拷問は暗い奉行所のなかで隠微に行われるからだ。何十時間もつづく殉教者の苦しみを、生き残っている岐部たちは励し慰めることもできない。奉行所は孤独なみじめな死を、捕えた神父たちに与えようとしているからである。

この一六三三年の十月、潜伏宣教師たちにも信徒たちにもあまりに衝撃的な出来事が起った。コーロス神父のあとを継いでイエズス会管区長となったフェレイラ神父が捕えられ、穴に吊されたのである。同じ拷問をこの日受けたのは、前記の中浦ジュリアンのほか三人の神父と三人の修道士である。これら神父と修道士たちは苦しいこの責苦に耐え、信仰を棄てず穴のなかで息を引きとった。しかし管区長フェレイラ神父だけは五時間後に遂に棄教してしまったのだ。

管区長という指導的地位にあり、日本在住二十三年、あの追放令後も潜伏して布教を続けたこの五十四歳の神父が信仰を棄てたという知らせは、長崎とその周辺すべての潜伏宣教師と信徒とにただちに伝えられた。彼等は打ちのめされた。人々は今更のようにこの「穴吊し」という拷問の苛酷さを思い知ったのだ。これは言いようのない陰惨な出来事だった。

フェレイラ神父ほどの信仰の持主でも耐えられなかった穴吊し。ペドロ岐部は彼もいつか捕えられれば、この拷問を受けさせられるだろうと思った。耐えられるかどうか、彼にも確信をもって答えられぬ。確信がないだけに何時かは来るその日が彼には怖しかっただろう。祈ること、ひたすら神の助けを求めること、そのほかにこの拷問に耐える方法はないのだ。

フェレイラ神父は棄教を約束した後、穴から出され、奉行所の手先となった。奉行所はあくまで残酷だった。生ける屍のようになったこの元宣教師に死刑囚沢野某の妻子を押しつけ、沢野中庵と名のらせたのである。そして潜伏宣教師が捕えられればその取調べに立ちあわせ、通訳や棄教の勧告という仕事をさせた。かつての同僚、かつての弟子にフェレイラ神父はその屈辱的な姿を見せねばならない。その惨めきわまるフェレイラ神父を信徒たちはイエスを裏切ったユダに重ねあわせた。だがユダになる可能性はこの頃、すべての宣教師にも信徒にもあったのである。その可能性にうち勝てるとは誰も自信をもって言えなかった。そして神は沈黙している。沈黙しているようにみえたのだ……。

この暗い陰惨な年。フェレイラ神父の棄教と共に、もうひとつ、ペドロ岐部の心を引き裂いた事件が起った。彼と共にルバング島から薩摩に上陸した松田ミゲル神父が十月、かくれ家から追い出され、行き場所も食べものもなく、折からの暴風雨のなかを三日間、歩きつづけた揚句、行き倒れて死んだのである。

もう岐部も長崎に残ることはできなくなった。おそらくこの十月、彼は長崎のかくれ家を出ねばならなかったのであろう。五人組連座の制度のため、信者たちはもう、その意志があっても神父たちをかくまうことができなくなった。神父たちも宿主にこれ以上、迷惑をかけたくはなかった。岐部は松田ミゲルと同じように長崎を出て、この年、行方をくらますより仕方がなかった……

逮捕の日

である。

逃亡。だが逃亡とは生きながらえるためであり、追手の眼を逃れて生命の安全を計るためで

ある。

けれどもペドロ岐部が長崎から逃亡したのは、生きながらえるためではない。生命の安全な場所を見つけるためでもない。遅かれ早かれ、逮捕され、訊問と拷問を受け、処刑されることは彼にはわかっていた。その死までのみじかい間に、一人の信徒でも力づけ、慰め、勇気を与えるのが潜伏司祭としての使命だったから逃亡したのである。

一六三三年の大検挙のため、長崎に潜伏していたイエズス会員の秘密組織は文字通り崩壊した。十九年前の追放令以後も細心につくられた潜伏宣教師たちの本拠、長崎はもはや活動不可能なまでに粉砕された。とりわけ、長崎のリーダーとなった管区長フェレイラ神父が拷問のためとはいえ棄教したというあの事件は、ペドロ岐部のような潜伏神父と信徒に癒しがたいほど

の衝撃を与えてしまった。迫害者は少くとも長崎に関する限り、勝利を得たのである。長崎の組織が壊滅した以上、岐部はそこにとどまって司祭としての義務を遂行することが不可能になった。単独で身勝手に行動することは許されない。なぜならそれはより危険であり、また他の宣教師たちに見えざる迷惑をかけるからである。彼はイエズス会上司の指令に従って、東北に逃亡することとなった。東北にはまだイエズス会の秘密組織が細々ながら残っていたからである。

ペドロ岐部が長崎から逃亡した仙台藩は元和年間の初期には、伊達政宗の寛大な宗教政策のため、九州につぐ日本切支丹の温床となっていた。野望に燃えた東北のこの梟雄《きようゆう》は自藩を海外貿易で富ませるため、基督教の布教を黙認する政策を長くとり続けた。関ケ原の戦以後、切支丹嫌いの家康や秀忠が江戸とその直轄領で弾圧を実行した時でも、政宗はフランシスコ会宣教師のソテロ神父を仙台に招き、大幅な宣教を許す代りに、彼にノベスパニヤ（メキシコ）との貿易を斡旋させ、家臣、支倉常長を大使として太平洋を渡らせた。ために江戸に居住できなくなった切支丹信徒は続々と政宗の領地に逃れ、また伊達家の重臣のなかにも後藤寿庵のような熱烈な信仰者を出すに至っている。

だが支倉常長がその使命を果しえず、むなしく帰国した一六二〇年からは、政宗の宗教政策は変った。切支丹禁止令は藩内にも施行され、それまで陽のあたる場所で布教できた宣教師も日本の他の場所と同じように潜伏せねばならず、信徒たちも棄教するか、当局の眼をあざむいて信仰をひそかに守らねばならなくなった。

一六二三年（元和九年）家光が将軍職をつぐと、弾圧はいちじるしく強化された。まず仙台地方の布教で活躍したアンゼリス神父が江戸で逮捕されて火刑、同じく切支丹の有力家臣だった後藤寿庵の知行地、見分《みわけ》を中心に活発な宣教活動を続けていたカルヴァリオ神父も、見分の背後の下嵐江《おろしえ》の山中で信徒たちと雪のなかにひそんでいるところを捕縛された。

カルヴァリオ神父は東北地方はもとより、蝦夷《えぞ》に至るまで布教の足跡を残した有名な宣教師である。その彼は逮捕後、仙台に送られ、寒中の広瀬川につけられて凍死させられた。また彼等潜伏宣教師や信徒たちの保護者だった後藤寿庵も政宗の勧めにも首をふり、知行地と家臣とを棄てて姿をくらました。

こうした弾圧、迫害、検挙、処刑にかかわらず、ペドロ岐部が長崎から脱走した一六三三年にも、まだ二人のイエズス会員と四人のフランシスコ会員とが地下にもぐりこんでいた。外人宣教師もふくむこの小さな秘密組織が、この時期もなお存続しえたのは、幾つかの理由がある。ひとつはこの東北の地にはまだまだ未開の土地が多く、追手の眼から逃れやすかった。更に時にはアイヌ人の血を受けた日本人も住むこの領内では、宣教師とアイヌ的容貌の日本人とが見わけがつかぬ利点もあった。また一定居住地のない犯罪人も働くことのできる領内の鉱山は、切支丹たちにとって絶好の逃げ場所となった。

ペドロ岐部がどのような路すじで、長崎からこの仙台までたどりついたかは正確にはわからないが、もし彼が海路を利用しなかったとしたならば当然、北陸からではなく北関東から東北に向ったにちがいない。というのはこの迫害時代になると西日本の信者が東北に逃れたし、また足尾、佐渡、東北の諸鉱山にもぐりこんだため、その経路にあたる北関東には意外に潜伏信徒が住んでいたからである。ペドロ岐部もおそらくこうした信徒たちにひそかに助けられながら、東北に潜行できたのであろう。

なんのためにこのような苦しい旅を続けるのか。彼が今やろうとしていることは、勝目のない戦いに向うようなものだった。仙台にたどりつけたとしても、そこでも長崎でと同じように危険で秘密の生活が待っているだけである。そして当局はその長崎でも実行したように、やがては徹底的捜索にのりだしてくるだろう。いつかは摑まることは明らかであり、いつかは殺されることも確実なのだ。そしてそのまま生活がどんなに苦しくても、また逮捕されたのちどんな苛酷な拷問にかけられても、ペドロ岐部には自殺は許されない。教会は自殺という安易な人生放棄を禁じている。いかに苦渋にみちても、いかに醜悪なものでも、人生を最後まで味わいつくすことを要求している。処刑場に向うイエスは人生というその重い十字架を最後まで決して放棄しなかった。神父たる者はイエスに倣い、自殺によってその肩から人生の十字架を棄ててはならぬのだ。

にもかかわらず、ペドロ岐部がこの勝目のない戦いのため東北に逃亡したのは、第一に彼が信徒たちと苦しみをわかちあうためだった。第二には自らの無償の生涯と酬われざる死によって、本当の基督教とはただ愛のためにだけあることを証明したかったのだ。当時の多くの日本人が誤解しているように、本当の基督教は異邦人の国や土地を蹂躙し、奪うような宗教ではないことを示したかったのだ。そして植民地獲得に狂奔するヨーロッパの基督教国民の行動とイエスの教えとは何の関係もないことを残り少い自分の人生を賭けて同胞に見せたかったのである。

そう。これが切支丹迫害下の日本人神父の使命であり義務だった。少くともペドロ岐部は長い世界への旅の往復、この考えを持つに至った。それがあの植民地主義時代、そのために基督教弾圧が起った日本での邦人神父が証明せねばならぬ使命だと考えたのである。

こうして彼は東北の仙台藩にもぐりこんだ。かくれているイエズス会の同僚たちがどこにいるかは、行く先々の信徒たちからそっと教えられていた。当時仙台藩で、まだ信徒たちがひそかに信仰を守りつづけている場所は四つあった。ひとつは追放された切支丹武士の後藤寿庵の旧領だった水沢である。他の三つはヨーロッパから帰国した支倉常長の所領地だった黒川の一部であり、また伊具の筆甫や鉱山のある大籠、馬籠の村々（現在の登米町）にも信者たちのいることはわかっていた。いやこうした公儀の眼の届かぬ僻地だけではなく、城下町の仙台にさえも何人かの有力切支丹が大胆にも住んでいたのである。

それらの信徒たちの住家を二人の潜伏イエズス会神父が、偽名を使い変装して歩きまわっていることもペドロ岐部は知っていた。その二人とは、かつて有馬神学校で知りあった伊太利人のジョヴァンニ・バッチスタ・ポルロ神父とあの追放令の時、共にマカオに追われた神学校の先輩のマルチニョ式見神父とだった。この二人のイエズス会員のほか、四人のフランシスコ会の神父も仙台藩に潜伏していたのである。

色々な事情を綜合してみると、これらの潜伏神父たちは水沢にちかい見分村を第一の本拠地としていたようである。熱心な切支丹であり、政宗自身の棄教勧告にも頑として応ぜずに姿をくらました後藤寿庵のこの旧領には、十一年前カルヴァリオ神父逮捕事件はあったものの、かなりの切支丹信徒が、表は棄教したようにみせかけながら実はさまざまな方法を使って、その信仰を守りつづけていた。寿庵の旧領は主人が行方不明になったあと、古内伊賀という者の知行地となり、旧臣は古内氏の足軽組に編入されたが、これらの旧臣たちは観音堂をたててマリア像とフランシスコ・シャヴィエルの像をほりつけたメダルをかくし、それを礼拝していたことが昭和初めの調査で発見されている。水沢とそのちかくの見分村とは迫害が行われたあとも、まだ宣教師たちにとって数少い避難場所だったのである。

仙台藩に入った岐部はすぐに水沢と見分とに直行し、そこで前記のポルロ神父と式見神父とに再会したにちがいない。

既にのべたように、ポルロ神父は岐部が有馬神学校に入学してから四年目にマカオから渡日して、日本語を勉強するため神学校に入学し、やがて生徒たちの聴罪司祭となり、修辞学の教師となった人であり、ペドロ岐部にとっては忘れがたい恩師の一人である。この神父は強健な体を持っていたが勉学、読書を愛好する温和な学者タイプだったという。だがその温和な外見にかかわらず、彼はあの一六一四年の大追放後も日本にひそみ、主として上方地方をひそかに布教し、後に中国地方や四国をまわり、そしてこの東北地方に姿をあらわしたのだった。

二十八年ぶりで再会した師弟は水沢のかくれ家で何を語りあっただろう。二十八年前、ペドロ岐部はまだ十八、九歳の少年であり、ポルロ神父もまた二十九歳の青年神父だった。だがこの再会の時、岐部は四十七歳となりポルロ神父も既に老いていた。

再会の日、岐部がマカオに追放されたあと、自分がどのような辛酸をなめてローマまで赴いたかを語れば、ポルロ神父はポルロ神父で長い潜伏生活の苛酷な体験をしゃべったろう。大坂夏の陣でポルロ神父は燃える大坂の町を命からがら脱出したが、その冒険談も岐部は聞かされただろう。そうした過去の思い出を語りあったあと、この水沢と見分とで十一年前に起ったカルヴァリオ神父逮捕事件も、ポルロ神父の口から教えられただろう。それは一六二三年（元和九年）のクリスマスが終ってまもなくのことだった。かねてからこの見分を探索していた伊達藩の警吏が突然、村を襲ってきた。イエズス会副管区長で当時、この見分を根拠地として東北でひそかに布教していたカルヴァリオ神父は、急をきくと二人の信者と見分の西北二十八キロの下嵐江の山中に逃亡した。だが極寒の雪に覆われたこの山中にまで警吏たちは追跡し、雪上に転々と足跡をつけた柴小屋を発見した。神父はそこにかくれていたのである。彼は下嵐江の信者に累を及ぼさぬため進んで縛につき、同じように逮捕された数人の信者代表たちと共に仙台に送られ、陰暦二月の凍りついた広瀬川に長時間漬けられて殉教したのである。

これらの話を語り、聞きながらペドロ岐部もポルロ神父も、このカルヴァリオ神父と同じ運命が、いつかは自分たちのそれに重ることを感じたにちがいない。だがその逮捕と死の日が確実に来るにしても、何時なのかは予想できぬ。そしてそれがどのような形で襲ってくるかも知ることはできぬ。だからこそ見分での夜、ペドロ岐部には目をさまし、恐怖と戦わねばならなかった時もたびたびあっただろう。彼がこの時、苦しんだのは処刑されることではなく、あの穴吊しという最も苛酷な拷問に自分が耐えられるかという問題だった。なぜならこの拷問は長崎管区長のクリストヴァン・フェレイラ神父までが転んだほど苦痛きわまるものだからである。

だがこの一六三四年もそれに続く一六三五年も、彼も他の潜伏神父も警吏に発見されずに過すことができた。おそらくそれはこの時期、江戸幕府の命令にかかわらず、伊達藩が切支丹捜索に積極的になれなかった事情があったのではないかと思われる。事情は軽々しく推測できないが、ひとつには藩主、政宗の気持に依然として対外貿易による富国政策が残っていて、切支丹迫害に踏みきれなかったためだろう。だが、だからと言ってペドロ岐部たちが公然と行動できる筈はなく、蝙蝠のように隠れ家に身をひそめ、夜になるとようやく外に出て待っている信徒の集落に密行し、罪の告解をきき、ミサをあげ、幼児に洗礼を授け、慰め、励す日々を送ったのである。ペドロ岐部の潜伏生活を知る具体的資料はないにせよ、彼がこのような毎日を送ったことは疑いないのだ。

日がながれた。二年目の一六三六年(寛永十三年)に藩主、伊達政宗が江戸屋敷で癌のため世を去った。一時は切支丹保護政策をとり、それ以後の弾圧でもそれほど積極的ではなかった政宗が死に、その子、忠宗があとを継いだが、迫害が特に強化される気配もなく、潜伏宣教師たちも信徒も、ひそかに胸をなでおろした。

だが嵐はいつ襲うかわからない。果せるかな、予想もしなかった大事件が政宗の死から一年後に起った。九州の一角、島原で天草の農民たちが一斉に蜂起し、徳川政権を驚愕させたのである。

これは切支丹の反乱ではなかった。事実は天草における代官、寺沢堅高の失政と苛斂誅求に耐えかねた農民一揆だったのだが、不幸にしてその大部分が切支丹だったこと、彼等が十字架《クルス》の旗をかかげて団結したため、幕府はこれを基督教徒の反乱と混同したのだ。幕府の重臣たちはかつて一向宗門徒の一揆がどれほど信長、秀吉、そして家康を苦しめたかをなまなましく記憶していたから、その轍を踏まぬため徹底的な殲滅を決意した。

老若男女を含む三万の天草農民は、島原の廃城「はるのしろ」こと原城にたてこもり、凄惨な死闘をくりかえした後、糧食、銃弾つきた後、幕府の包囲軍によって文字通り全滅させられた。原城に余煙がたちのぼり、城内が血の海となったあと、幕府は日本全土に徹底的な切支丹弾圧を命じた。一人の切支丹も日本に存在させてはならぬ。草の根をわけても彼等を探し出すことが、各藩に命じられたのだ。

東北の潜伏切支丹や宣教師たちにとっても、この島原の乱は思いもかけぬ大事件だった。考えてもみなかった状勢の変化が、まだひそかに信仰を守れたこの仙台藩の一角にどういう影響を及ぼしてくるのか、皆目、見当もつかない。だがこの頃、政宗のあとをついだ伊達忠宗は友人の熊本領主、細川忠利から幕府の指令を伝えられ、藩内の徹底的捜索を決心したのである。

「きりしたんの儀に候間、いか様の才覚も遠国に仕る可く存ぜず候間、」と島原の乱の直後に細川忠利は仙台藩主の伊達忠宗に書き送った。「御国の内もその御分別を加えられ、落候きりしたんに心を付け候え」これはたとえ転宗、棄教した元切支丹も厳重、監視の眼を光らせよ、という勧告である。

仙台藩も、それまでの手ぬるかった切支丹捜索を強化する方針をかためた。藩はあの長崎で効果をあげていた五人組連座の制度を寛永十二年（一六三五年）から採用していた。先にものべたように、五人組連座とは五軒の家を一組として、たがいに監視しあい、もしその家の一人でも切支丹に関係した場合に他の四軒がそれを知って訴えないならば、すべてを同罪として処分するという制度である。もちろん、五人組といっても必ずしも五戸を単位とせず、七戸、八戸、十戸の単位とした場合もあった。

島原の乱が終ると、仙台藩はこの五人組連座を徹底化するため、領民のすべてに所属する檀那寺、神社などの守り札を着物につけることを命じた。それは檀那寺を持たない行商人や浮浪者などを、ただちに取調べるためだった。

訴人にたいする賞金も幕府がとりきめたもののほか、神父《パードレ》にたいしては金十枚、修道士《イルマン》にたいしては金五枚、信徒を訴えれば金一枚が追加して与えられることになった。従来、領内の武士だけに行われていた宗門改めも、領民すべてに行われることになり、詳細をきわめる人別帳が作られると、それに基づいて徹底的な捜査が実行された。文字通り、草の根わけても切支丹を根絶しようとする作戦である。

これらの触書は伊達家の重臣、津田近江、茂庭周防、石母田大膳の名で発布された。布告は切支丹信徒がまだひそかに信仰を守りつづけている領内の水沢、黒川、大籠、馬籠の村にも勿論、伝達された。

ペドロ岐部たちにとっても覚悟せねばならぬ時が訪れた。彼等にはもはや夜の外出も不可能となった。所属する檀那寺を持たない神父たちは、胸につける宗門証明書の守り札がない以上、だれかにその姿を発見されれば、疑われるにきまっていた。彼等はまた一段と強化された五人組連座の制度で、前とは比べものにならぬ危険に身を曝さねばならなかった。いつ、誰が訴人となるかわからない。だから信徒さえ信ずることもできなくなった。そしてこの状態が続く以上、彼等は神父として信徒たちの家々に密行し、彼等に秘蹟を授け、励し、慰めることも不可能となった。最後のアジトだった仙台藩も、ペドロ岐部がそこを脱出せねばならなかった一六三三年の長崎と同じように、切支丹たちには手も足も出ない場所になったのである。

この絶望的状態のなかで今後、潜伏神父たちはどうすべきか。このまま身をかくし続けて時期を待つか、それとも探索の手の届かぬ遠い蝦夷に脱出するか、あるいは信徒たちに累を及ぼさぬため自首してでるか、必死で考えねばならぬ時が来た。五十になったばかりのペドロ岐部はとも角、式見神父は既に六十二歳であり、ポルロ神父は六十四歳だった。その上、彼は老齢と辛い生活とのために病にかかっていた。

この間、藩の鼠とり作戦は着々と功を奏しつつあった。遂に訴人が出た。訴人の名はわからないが、かなり切支丹の内部事情に通じているところをみると、彼は水沢、もしくは見分に住む転び信徒だったようにみえる。

訴人は自分の名が発覚するのを怖れたのか、藩に直訴せず江戸の奉行所に訴え出たのである。ポルロ神父とその仲間のかくれ場所を、仙台に住む渡辺吉内という者が知っていると教えたのである。渡辺吉内は仙台に住む熱心な信徒で、後の調査でその兄、孫左衛門は同宿、その子、太郎作も熱烈な切支丹であることがわかっている。

幕府はただちに仙台藩にこの訴えを連絡した。吉内を逮捕し、拷問にかけてもポルロ神父とその一味の同宿たちのかくれ家を見つけよと厳命したのである。

驚愕した仙台藩は吉内を捕縛すると拷問を加えたが、吉内は白状しようとはしない。業をにやした仙台藩は彼を江戸に送り、直接、取り調べてもらうことにした。だがこの事件によって幕府と仙台藩は、領内に住む九人の切支丹たちの住所や名は知ることができた。

周到につくりあげていた潜伏神父と信徒との秘密組織の一角がここで遂に崩れた。一角が崩れれば、あとは芋づる式に次々と組織の他の部分が暴《あば》かれる。仙台藩は小おどりをし、切支丹たちは恐怖に震えた。ペドロ岐部も他の神父たちも、もう身をひそめることさえ不可能となった。逮捕は時間の問題となり、最後の時が遂に来た。

イエスの生涯に自分のそれを重ねあわせて生きることが神父の夢であり、願いであるならば、今、彼は迫りくる受難の恐怖と戦い、「血の汗を流した」というゲッセマニのイエスの姿を思いうかべただろう。「父よ、思召しならばこの（苦しみの）杯を我より取り除き給え、さりながら、我が心の儘にあらで、思召しの如くなれかし」

思えばこの瞬間のためにこそ、長い長い半生の労苦があった。そしてこの瞬間は、彼が日本の信徒たちを見すててマカオに脱出した時から決っていたのである。あの時、彼は同胞信徒と袂をわかったこと、日本に潜伏しなかったことを後悔したが、しかし、同時に彼はこの脱出を神父になるためだと考え、神父になった暁は、死ぬために帰国することを心に誓っていたのである。困難にみちた海外の旅行。ローマでの勉強。その留学は華々しい目的のためではなく、みじめに死んでいくために賭けられていたのである。

彼にとって今、怖しいのは死ぬことではなかった。「穴吊し」という拷問だった。フェレイラ神父や他の宣教師もそれに耐えられなかったあの拷問と絶命するまで戦うことができるか。それは彼には予想できなかった。わかっていることは、万一この拷問に屈して棄教を一度でも口走れば、彼の今日までのすべての努力は根底から覆り、無意味になると言うことだった。それは彼の上司であるフェレイラ神父の棄教後のみじめな生活が証明していた。フェレイラ神父は奉行所の手先にさせられ、反基督的の書物を書かされ、死刑囚、沢野の名を与えられ、生ける屍のような毎日を送っていることはペドロ岐部も知っていた。フェレイラ神父は日本のすべての切支丹信徒たちにとって、侮蔑と苦痛の対象となっている。その長い布教の功績を、今は誰も評価しなかった。潜伏神父となった努力も今は誰も認めなかった。すべては彼が「穴吊し」に耐えられず、棄教を約束してしまったからなのだ。だからペドロ岐部はどのように苦しくても、あの拷問に負けることはできないのである。

寛永十六年（一六三九年）の春、岐部は遂に仙台で捕えられた。式見神父もまた逮捕された。二人の逮捕の具体的な模様はまったくわからない。同時につかまったのか、別々に捕えられたのか知ることもできない。

病に衰弱したポルロ神父の場合は、多少は判明している。この年の四月一日、白石（現、白石市）と宮村（現、蔵王町）の間の山路で、一人の盲人が藩の重臣、片倉景綱の家来に逮捕された。盲人は喜斎といい、かねてから手配中の切支丹信徒で、喜斎がポルロ神父の居どころを知っていることを藩はわかっていた。

喜斎逮捕から十日後に、突然このポルロ神父自身が自首して出た。自首を受けたのは伊達家の重臣、石母田大膳であり、見分の有力切支丹だった後藤寿庵と親交のあった人物である。ポルロ神父は喜斎が捕えられたことを聞き、おそらく、これ以上身をかくすことも無駄であり、更に喜斎が自分のために拷問にかけられるのを救うため進んで自首したのであろう。大膳は疲れ果て、病にかかっているこの南蛮の老宣教師を医師に治療させ、ただちにその処置を江戸に問うた。

こうして、かつて有馬神学校で教え、学んだ師も弟子たちも、共に最後の時間を迎えた。最後の時間——今から生涯のうちでもっとも苦しい試錬が待っている。訊問、追及、手を変えた棄教の奨め、説得、甘言、それらにはうち勝つことができるだろう。だがそれらにうち勝てば、今度はあの「穴吊し」の拷問を受けねばならない。汚物を入れた穴のなかに逆さに吊るされ、何時間も放っておかれる。言語には尽しがたい苦痛と死ぬまで戦わねばならぬ。そして死以外、その苦痛を解放してくれるものはないのだ。

捕えられた三神父にはこの「穴吊し」の苦痛にどこまで自分たちが耐えられるか予想もつかない。六十歳をこえたポルロ神父と式見神父とは、弱った体に早く死が訪れることを願ったろうが、まだ頑強なペドロ岐部は自分が長時間、穴のなかで生き続けるだろうと思った。彼は他の二人の神父よりももっと長く苦痛と戦わねばならないのだ。

幕府と協議の上、仙台藩は三人のイエズス会神父を江戸に送ることにした。それほど潜伏神父たちは国をあげての重要犯罪人だったのである。幕府の閣老たちが直々《じきじき》にこの三人を調べることになったのである。

仙台から護送された彼等が江戸についたのは初夏である。その初夏伝馬町の牢屋に入れられた後、訊問が評定所で始った。そしてその席上にはじめて連れだされた時、三人の神父は驚くべき出来事にぶつかった。

評定所の屋敷に並んだ役人たちの端に日本人の服装こそしているが、髪も面貌もあきらかな一人の南蛮人の男が坐っていた。その顔は忘れようとしても忘れられぬフェレイラ神父の顔だった。三人にとってイエズス会の上司であり、在日すること二十数年でありながら、遂に六年前、長崎で捕えられ、「穴吊し」に耐えかねて棄教したあのフェレイラ神父がそこに坐っていたのである。

この瞬間、岐部たちがどれほどの衝撃を受けたか。そして昔の同僚に屈辱の姿を曝さねばならなかったフェレイラ神父の苦痛がどんなものであったか。両者は息をのむ。そしてたがいに眼をそらせる。お互いの視線があわぬようにする……。

幕府がこの転びバテレンをかつての同僚、後輩の前に立ちあわせたのは通訳の仕事のためではなく、訊問にたいする返事の真偽を確めさせるためだったが、しかしそこに出席させられたフェレイラ神父の悲しさを思うと我々の胸は痛くなる。今は沢野中庵という元死刑囚の名をつけさせられた彼が、この三人の神父に何を言ったのかはわからないが、パジェスによるとペドロ岐部はこのフェレイラを、席上で烈しく非難したとある。非難したのは、おそらくフェレイラが三人の神父に棄教を奨めたからである。うつむいたまま、途切れ途切れに日本布教の無意味さを呟き、これ以上、多くの信徒を苦しめぬよう転宗を促すフェレイラにたいして、ペドロ岐部は怒りをこめて反駁したのだ。彼は自分を励すために反駁したのだ。本当の基督教が西欧の植民地主義と関係がないことを、日本人神父として示すためにも反駁したのだ。そして信徒たちとの苦しみの連帯こそ、神父の使命であることを力説するために反駁したのだ。

訊問は失敗に終った。「評定所へ四度出で申し候えども御穿鑿きわまり申さず」と日本側資料は書いている、あらゆる棄教の勧告も三人の神父には無駄だった。

異例のことだがこの取調べに将軍家光までも一度出席をしている。家光は老中、酒井讃岐守の下屋敷に赴き、そこに三人の神父をよび、政治顧問の沢庵、柳生但馬守も同席して「宗門の教えを尋ね」その後二、三日すぎて大目付の井上筑後守だけに取調べを一任したとある。将軍が直々に訊問に立ちあったことから見ても、切支丹根絶が家光国政の重要課題だったことがわかる。

井上筑後守は宗門奉行だけではなく、後に鎖国を実行するにあたり、外務大臣のような役目をした幕府官僚だが、若かった頃に切支丹だったという説もある。そのためか彼の訊問方法は切支丹には理論をもってまず説得を試み、それが無駄だった時、はじめて拷問にかけた。彼が後任の北条安房守のために記述させた「契利斯督記」を見ると、実に能吏だっただけでなく、切支丹の心理もよく観察していたことが窺える。

十日間、この井上筑後守は一人で三神父を取り調べたものの、いかなる説得も三人の心をひるがえさせることはできなかった。勿論、東北の切支丹たちの名も自白はする筈もなかった。遂に筑後守は彼個人としては好まぬあの「穴吊し」の拷問に三神父をかけることを決心した。

拷問にかけると宣告された時、ペドロ岐部は来るべきものが来た、と思った。耐えられるか、どうか。彼にはまだわからない。だが死が彼を解放してくれるまで耐えねばならないことは確かだった……。

わが事なれり

ペドロ岐部たちにたいする宗門奉行井上筑後守の訊問と棄教の勧告。そしてあくまで首を横にふる三人の神父に「穴吊り」が宣告される――。

この時の情景を目撃して記録した資料はないから想像するより仕方がないのだが、幸いなことに想像を助けてくれる貴重な報告が一つある。

それは岐部たちが裁判を受けた寛永十六年（一六三九年）から四年後の寛永二十年、同じ江戸評定所で取調べを受けたオランダ人船員たちの体験記録である。これらオランダ人はこの年、二隻の船で日本の陸中海岸にたち寄ったところを逮捕されて江戸に送られ、訊問を受けた。彼等はまず井上筑後守の下屋敷（現、文京区小日向町）に連行されたが、その時、四人の眼にうつったのはイエズス会宣教師たちが筑後守と長崎奉行の取調べを受けている光景だった。

これら四人のイエズス会宣教師とは勿論、岐部やポルロ神父や式見神父ではない。この寛永十六年、九州の福岡附近で日本に潜入しようと試みて失敗した伊太利人のキャラ神父たちである。この時オランダ人たちは宣教師たち全員が日本人の服装をさせられ手には鉄枷をはめられ、足は鎖でしばられているのを目撃した。

オランダ人たちはまた数日後、江戸に連れて行かれ、筑後守から二回目の訊問を受けた。「市の近く庭あり。オランダの大いなる村、あるいは小さき町のごとし。ここに入りて二三の路筋を通れば暗き牢獄の前に出ず。その格子の前に四人の有罪となれるイエズス会神父、他の日本の基督信徒と共に繋がれてあり。それより中庭に導かる。ここには幾つかの穴と水を湛えたる桶のおかれてあり。あまたの人は群り居れり。砂石を敷きたる主なる入口に各種の官吏、その従者、処刑人など彼方此方に往来し、我等は命令を待ちたり。ついにイエズス会神父、日本人信徒は獄より引出され、判事の前に引出されたり。判事、その審問にこの日の大部分を費やせり」。オランダ人たちは江戸評定所の宣教師訊問の状況をこのように描写している。

おそらくペドロ岐部たちが井上筑後守の訊問を受けた時も、これとまったく同じ光景だったろう。岐部もポルロ神父も式見神父も動物のようにつながれ、手枷をはめ筑後守の面前に引き出されたにちがいない。

筑後守は、おそるべき有能な取調官である。取り調べる者の心理をただちに見ぬく眼を持ったこの観察者は時には彼等を慰め、同情を示し、時には恐怖を与えるという緩急自在の訊問方法を試みた。彼は拷問を用うることはあまり好まなかったようだが、いかに理をもって説得しても宣教師や信徒がなお棄教しなければ、やむをえず、最後の手段としてあの穴吊しにかけたことは前章でのべた通りである。

穴吊しが宣告された瞬間、岐部が何を思ったか。想像するに難くない。なぜなら迫害時代、宣教師たちは信者たちに拷問にかけられる折は何よりも主イエスの御受難をまぶたに思いうかべよ、と常々教えてきたからである。ゴルゴタ処刑場まで、重い十字架を肩に背おわされて連れて行かれたイエスの姿を岐部もまたこの時、思った筈である。そしてその十字架に、四肢を釘づけにされたイエスの痛みを思った筈である。釘づけにされたまま十字架で長時間、死を待ったイエスの苦痛も思った筈である。今、彼は彼が生涯をかけて信じてきたイエスの死に、自らのそれを重ねあわせようと考えたのだ。

穴吊しの苦しみがどんなにすさまじいかを、東北での潜伏時代、彼は繰りかえし繰りかえし思いつづけていた。死ぬことよりも凄惨な苦痛にどこまで耐えられるかが、彼の毎夜の恐怖だったのだ。逆さに吊られ、穴のなかの汚物の臭いと逆流する血のために、言語に絶する頭痛がはじまる。混濁した意識のなかで、穴の上から聞えてくる棄教への甘い誘い。その甘い言葉に、もし一言でも肯けばその一言で彼の誇り、ヨーロッパへの旅、艱難辛苦の後にやっと神父となった努力のすべてが消え去るのだ。彼は転び者の汚名を生涯受けるのだ。

いや、それだけではない。その瞬間、彼は日本のみじめな信徒たちすべてを棄てるのである。神父が棄教したと知った時、みじめな信徒たちがどれほど衝撃を受け、どれほど落胆するかはあの長崎管区長フェレイラ神父事件でも余りにあきらかだった。転んではならぬ。甘い誘いにのってはならぬ。だがどこまで穴吊しの苦痛に抵抗し耐えられるのか、ペドロ岐部にも全くわからない。

迫害者たちは基督教の宣教師をヨーロッパの侵略主義の手先と信じこんでいる。しかしペドロ岐部はその長い旅の間日本人の神父としてイエスの教えが基督教国のこれらの罪過とまったく関係のないことを身をもって日本人に示す使命を感じつづけてきたのだ。すさまじい拷問にも耐え、無惨な死をあえて遂げるのもヨーロッパ基督教国やその教会のためではなく、ただただイエスの教えを信じてきたからだと、同じ日本人たちに証明しようと考えてきたのだ。

思えば日本を追放されて今日までの長い歳月は、彼にとって「死の準備」だった。ヨーロッパでの勉強さえも、ペドロ岐部には「死支度」だった。生涯の三分の二を彼は「死支度」のために費し、「死支度」のために辛酸をなめつづけてきた。そして今、その死の瞬間がやってくる……。

ポルロ神父、式見神父と共に彼が穴吊りの場所に連れていかれた日、穴吊りにあったのは三神父だけではなく、他の日本人の信徒や同宿も加えられていた。その日本人信徒や同宿とは神父たちをかくまってくれた仙台の渡辺吉内たちであろう。井上筑後守の報告書である「契利斯督記」によると岐部は同宿二人と同じ穴に吊されたとある。だが彼の穴のそばで、ポルロ神父や式見神父もこの拷問を共に受けたのだ。

穴吊りは囚人の体を縄で強く巻き、汚物の入った穴に逆さに吊す拷問であることは先にも書いた通りだが、目的はただちに殺すことではなく、苦痛をできるだけ長引かせ、転ばすことにあったから、血が頭に一時に逆流して即死することを防ぐため、囚人のこめかみを切りひらいたり、毎日、少しの食物を与えることもした。

今、彼等は吊された。穴の上からは、監視人がたえず囚人たちを見つめている。囚人が死ないか、あるいは棄教を口にしないか、注意ぶかく見守っている。囚人がかすかでも棄教の言葉を口にすれば、ただちに転んだものと認め、穴から引きずりあげるためである。

最初は囚人たちは頑張っている。祈りを唱え、たがいに励しあう。だがやがて彼等に言語に絶する苦痛が襲いかかる。呻き声が穴のなかから聞えてくる。監視人は時折交代するが、囚人たちはそのままに放っておかれる。やがて声も途切れ途切れになっていく。この時、囚人たちはただ死のみを願う。死だけが自分の信仰を守り、文字通り生地獄のこの苦痛から解放してくれるただ一つの方法だからだ。だが当時の彼等は舌を噛みきり、自殺することは基督教信者として許されぬ、と考えていた。教会は自殺を禁じていたからである。

最初、この苦しみのなかで、十秒は一時間よりも、一時間は一日よりもはるかに長く思われる。それから、もう彼等には時間の感覚もなくなる。逆流した血はこめかみの傷から流れ、眼や鼻の穴からも吹き出てくるのだ。最初、彼等は主イエスの最後の苦しみを思い起そうとするが、やがてそれさえも考えられなくなってしまう。祈りの言葉も胸から出てこなくなる。主はなぜ、このような苦しみをお与えになるのか。なんのために。なぜ。混濁した意識のなかで、この怖しい疑惑だけが黒々と大きく交錯する。主よ。もうお許しください。これ以上、耐えられませぬ。主よ。はやく死を与えてください。でなければ私は転んでしまいます。

それは信念とか、信仰だけの問題ではなかった。全身が激痛の塊りとなり、激痛が全身に摑みかかり、眼や鼻から血が吹き出るこの息もできぬ状態では、いかなる強い意志を持つことも至難だった筈だ。このすさまじい苦痛を味わわなかった者に穴吊りで転んだ者を非難する資格など、まったくないのだ。

ながいながい苦闘が続く。苦闘は永遠の地獄のようだった。幾つかの穴から呻き声だけがたちのぼってくる。遂に転び者が出た。岐部とは別の穴に吊されていた式見神父が力つき果てたのである。彼は棄教の意思を頭上の役人に示し、血だらけの顔で穴の上に引きあげられた。ポルロ神父も転ぶことを示す動作をした。六十歳をこしたこの二人は、もう耐えられなくなったのだ。

この瞬間、見分以来、苦難を共にした三人の潜伏司祭の連帯が破れた。恩師とその先輩が今、棄教したのである。岐部との約束、殉教の誓いを破ったのである。

この瞬間ほど、逆さになった岐部が衝撃を受けた時はないだろう。信じていた師と先輩に彼は今、裏切られた。見棄てられた。烈しい肉体的苦痛に加えて、ペドロ岐部は絶望の感覚さえ味わわねばならなかった。役人たちは頭上からポルロ神父も式見神父も転んだ以上、お前も無意味な苦しみを味わい続けるなとやさしく言う。この甘い誘きは彼の心をゆさぶる。自分もまた助りたいという慾望が、岐部の胸に起ったとしてもふしぎでない。

だがペドロ岐部はその誘惑にうち勝った。何がそうさせたのか。世界を踏破したあの頑健な体力と、海をこえ、アラビア砂漠をわたり、ヨーロッパに留学したという誇りか。それだけではない。イエスの死に自分の死を重ねあわせようとした彼は、この時、信じていた弟子たちにすべて裏切られ、見棄てられたイエスのみじめさと孤独を一瞬だが思い浮べたであろう。彼はこの時、ただ一人、死に赴いたイエスの苦しみを共に味わったのである。

ポルロ神父と式見神父とが棄教したのを知った日本人同宿たちは動揺した。彼等が受けた衝撃も大きかったのである。それを感じとった岐部は気力をしぼり声をあげ、同じ穴に吊された同宿二人を励した、と井上筑後守の報告書は書いている。イエスもまたゴルゴタの丘で二人の政治犯と十字架につけられたが、その時イエスは彼等に天国を約束した。ペドロ岐部もまたこ

の時、二人の同宿にその時のイエスの言葉を言ったであろう。「今日、汝、我と共に楽園にあるべし」（「ルカ」廿三、四三）

同宿たちを励す岐部を見た役人たちは彼を殺すことに決め、穴から血まみれになった彼を引きずり出した。『平戸オランダ商館日記』にはその凄惨な殺害状況が次のように書かれている。「彼の裸の上におかれた小さな乾いた薪にゆっくり火がつけられた。やがてその腸がほとんど露出し……」

穴吊しのあとのこの火あぶりの拷問の間も、役人は棄教を奨めつづけている。だが岐部は次のように答えたという。「あなたに私の基督教は理解できぬ。だから何を言っても無駄なのだ」と。そしてペドロ岐部は遂に、死んだ……。

そしてペドロ岐部は遂に、死んだ。千六百年前、彼の信ずるイエスがゴルゴタの丘で十字架にかけられ「わが事、なり終れり」と叫び息をひきとったように。わが事、なり終れり。主よ、すべてを御手に委ね奉る。岐部の死もまたそうだった。彼は自分の死をイエスの死の上に重ねあわせた。ペドロ岐部の波瀾にみちた劇は幕をとじた。

火あぶりの拷問を受けた彼の死体がどうなったかはわからぬ。おそらく焼かれ、灰にされ、捨てられたのだろう。

岐部と同じ穴に吊されていた二人の同宿はこの直後、転んでいる。岐部の死を賭しての励しも無駄だったのである。

既に棄教を口にしたポルロ神父と式見神父とは井上筑後守の下屋敷を改造して作った牢に入れられ、再度の訊問、追及を受けた。拷問前はあれほど棄教を拒んだこの両神父は、棄教したという絶望に打ちのめされ、すべての気力を失っていた。彼等は問われるままにかつての自分たちの子羊——彼等が教え、彼等にかくれ家を与えた信徒たちの名を白状してしまう。

ポルロ神父は自分の身のまわりの世話をしてくれた藤助、与助という同宿の名をはじめ何人かの信者の名を役人に教えた。そのなかにはかつての遣欧使節、支倉常長の息子、常頼の名も含まれている。常頼はために切腹を命じられる。

式見神父もまた何人かの切支丹武士の名を白状してしまう。その一人が捕えられると、彼が更に別の信者の名を口にする。たとえば次の図を見るとよい。

- ポルロ神父白状
  - 田村長門、子二人
  - 富樫平治、子
  - 藤助
  - 与助
  - 七兵衛
    - 山田善四郎
    - 原田孫作
    - 宮崎彦八郎
  - 孫左衛門
    - フランシスコ・バラヤス神父
    - 源内（バラヤス神父宿主）
      - 甚内
      - 半三郎
      - 長三郎

- 式見神父白状
  - 横沢藤左衛門
  - 鎌田弥三郎
  - 渡辺内記
  - 宮崎彦八郎
  - 山田善四郎

（『宮城県史』による）

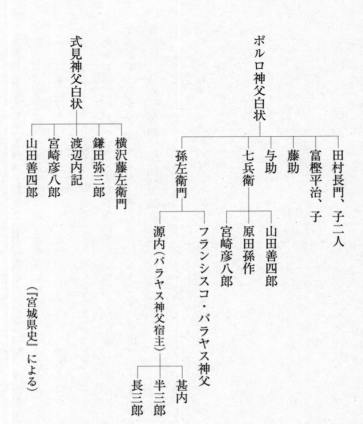

こうして芋づる式に仙台藩の切支丹は根こそぎに刈られていった。ポルロ、式見の両神父はユダのように自分の弟子たちを一人一人、売ったのである。一人を売るたびに苛責は胸をえぐり、その痛みを誤魔化すため、もう一人を売る。彼等は棄教したという辛さをまぎらわすために、自分たちの弟子や仲間も共犯者にせずにはいられなかったのだ。その心の苦しさは言いようのないものだったにちがいない。

その後の二人は切支丹牢に放置され、身心共に弱り果て数年後に死んでいる。前記したようにこの切支丹牢は井上筑後守の下屋敷を改造したもので、その後も日本に密行して布教をしようとして発見され、棄教したキャラ神父たちをはじめ新井白石の時代、屋久島に上陸して逮捕されたシドッチ神父が生涯、幽閉された場所でもある。

老齢だったとは言え、わずか数年後にこの両神父が死亡したのは、肉体の疲労よりも苛責と絶望とのためであろう。そして数年間の牢生活もまた穴吊しと同じほど、彼等には辛いものだったろう。彼等は自分の救いについての希望も失ったのだ。自分が神から罰せられる人間だと思いつつ、毎日を生きねばならなかったその余生は、文字通りこの世の地獄だったのだろう。

二神父のみじめな末路を考えると、私の眼に泪がにじむ。いかなる信者でも、彼等の苦闘と彼等が受けたすさまじい拷問を考える時、非難や批判の言葉を言える筈はない。この二人の神父もまた岐部と同じように、神の御手に抱かれたと私は信じたいのだ。

秋の日の午後、小さな有馬町を通りすぎる。鶏が遠くで鳴いている。背後の丘は、かつて有馬氏の居城、日之枝城があり、そして有馬神学校が建てられた丘である。その山径をのぼると烏瓜《からすうり》の実が赤く色づき、雑草と灌木のなかで虫だけが鳴いている。人影はまったくない。中腹に白く苔むした廃城の石垣がまだわずかに残っていて、小さな畠がある。

神学校がかつてあった場所にたつと、前面に有明海が見える。針のようにきらきらと光るこの海は有馬神学校が創設された十六世紀の終り頃は、町のすぐそばまで寄っていた。だが、かつて干潮の時は泥沼のようになる浜は今は埋めたてられ、有明海もはるか彼方に見えるけれども、背後をふり向くと雲仙は昔のままの姿で、しずかに煙を吐いている。神学校の生徒たちも宣教師たちも、この雲仙を毎日、眺めてここで生活していたのだ。

秋草の上に腰をおろし、ここで学んだ少年たちの運命を思う。たとえば、天正少年使節だった伊東マンショは、幸福にもそれほど苛酷な迫害が開始されぬうち、一六一二年、神父として長崎で死んでいる。しかし彼と共にヨーロッパに赴いた中浦ジュリアンは、あの大追放令のあとも日本に潜伏して二十年間九州で働きつづけ、小倉で逮捕されたのちに長崎で一六三三年、穴吊しにあった。「我はローマに赴きし中浦ジュリアン」と彼はこの拷問の折絶叫した。

その同じ年、同じ場所で、ペドロ岐部の先輩であり、有馬神学校でラテン語の助教師をした伊予ジュスト神父も穴吊しの刑を受けて殉教した。

そう、そういえば、岐部の後輩で一六〇八年頃に神学校の生徒だったトマス落合神父も、岐部が江戸で惨殺される前年に長崎で水責め、針責め（指の爪のなかに針を入れる拷問）の後に穴吊しを二度受け、西坂の刑場で殺されている。前にも書いたように、この豪胆な神父は奉行所の馬丁となって情報をつかみ、それを信徒に連絡し、自分もまた神出鬼没、容易に役人の手に摑まらなかったが、密告者のために遂に捕えられたのである。彼の死体は石をつけて長崎の海に捨てられた。

卒業生のなかにはまた別の方法で殺された者も何人かいる。岐部より七年前に入学した石田アントニオは雲仙の煮えたぎる熱湯につけられた後、西坂の刑場で火刑を受けた。神学校の最初の入学生徒だった木村セバスチャンも大村の刑場で火あぶりにされた。その死の状況があきらかではないが、あきらかに殉教したと思われる神父には、小西行長の孫で岐部と共にヨーロッパに留学した小西マンショもいる。迫害のため、逃げ場所を求めて行き倒れた松田ミゲルのような卒業生もいる。あるいはまた日本に戻る途中、海難にあって死亡したルイスにあはら(日本名不明）のような者や、海外の土地で布教につとめ死んでいった何人かの卒業生もいる。

殉教した卒業生の顔は誇りと栄光とに美しく赫いている。彼等のある者はその死後、ローマ法王から聖者に次ぐ福者の称号を与えられた。現在でも日本人の信徒たちはその福者をほめたたえ、その力添えを求めて祈る。

けれどもその一方、これら誇りにかがやく卒業生のかげに、力なく苦しくうなだれている一群の卒業生や元教師がいる。それは拷問や他の理由で、自己の信念を貫けなかった宣教師や卒業生である。彼等の陰気な生涯は、日本切支丹史のなかで教会によってできるだけ控え目に記録され、声たかく語られはしない。

だが彼等もまた闘ったのである。彼等もまた、苦しみ、生きたのだ。有馬神学校のこれら棄教組のことを考える時、私はこの人々を従来のように闇のなかに見捨てる気にはなれぬ。彼等がなぜ転んだかという事情を問いつめる時、そこに見逃せぬ問題が残っているからである。

有馬神学校は日本人が最初に西洋を学んだ学校である。だがその西洋とは幕末や明治の西洋ではない。また今日、我々が考える西洋でもない。切支丹時代の西洋とはあくまで基督教であり、基督教を中核として動いてきた西洋である。その西洋から南蛮の船が彼等の文明の生んだ鉄砲、火薬、時計、織物、その他の珍奇な品々を日本に運び、日本人が彼等からある程度の技術を学んだとしても、それは副次的なものにすぎなかった。これらの品々や技術は、明治のように日本人の生活を根底的に変えはしなかったからである。

だが、その代り、切支丹時代の日本人は西欧の坩堝《るつぼ》で鍛えられた基督教とそれを信ずる国と正面から対決せねばならなかった。当時の日本人にとって西洋とは、基督教もしくは基督教国のことだったのだ。その意味で有馬神学校は、西欧の文明技術を学ぶ学校ではなく、当時の西欧の中核思想である基督教を知る学校だったのである。だからこそ生徒たちは、まず基督教の言葉であるラテン語を徹底的に教えられた。ハープシコードやオルガンという西洋音楽の授業は、基督教のミサやグレゴリアン聖歌に必要な楽器であり、音楽であるから学ばされた。日本語と日本文学の授業も彼等を教養人にするためではなく、日本の文化人に布教する際に必要だから授業があったのである。要するにすべて基督教を日本人が知るために、そしてその卒業生が布教に役だつ者となるために、この学校は創設されたのである。

だが不幸にしてこの学生と卒業生とは、間もなく大きな矛盾した問題にぶっからねばならなかった。それは基督教の問題ではない。当時の切支丹信者は一部の例外を除いて「西欧の基督教と日本」とか「日本的基督教とは何か」という問題に苦しみはしなかった。戦国時代という危険な時代に生れた日本人には衰弱した仏教にその心を充すことができない者も多かったから、このあたらしい西欧の宗教に素直に耳を傾けられたのだ。

だから有馬神学校の生徒や卒業生がぶつかった問題は、西欧基督教の教理の矛盾ではなかった。それは基督教と基督教国との矛盾だった。愛を教える基督教を信奉する国々が東洋を侵略し、その町や土地を奪っているという問題である。のみならず、この侵略と植民地政策とを基督教会が黙認し、占領した地域に宣教師を送っているという事実である。

当時の教会もしくは宣教師側から言えば、それは折伏の方法でもあった。異端の宗教にそまり、霊魂の救いを失っている民族にただ一つの神の教えをひろめるため、武力征服もやむなしという考え方が宣教師にもあったのだ。宣教師たちは征服した土地に教会、病院、学校を建て、原住民の基督教教化を行うこともポーロのいう「異邦人への伝道」だと考えていた。

だが侵略される側、侵略の危険を受ける国ではこの善意はまさに偽善である。有馬神学校の生徒や卒業生は、宣教師たちの沈黙にかかわらず、この矛盾を彼等なりに知り、苦しまねばならなかった。自分たちの師の国々が、侵略的意図をかくしながら基督教の布教を行っている。この矛盾は当初こそ表面に出なかったものの、やがてその実体を海外に送られた生徒の一部が直接目撃するに従って、大きく露呈した。

使節として波濤万里、日本とヨーロッパとを往復した少年、千々石ミゲルも行く先々で西欧の侵略主義をその眼で見た一人である。帰国後、彼は恩師ヴァリニャーノ神父や神学校の教師たちやこの長途の旅行を共にした伊東マンショや中浦ジュリアン、原マルチニョたちから離れ、信仰を放棄するに至った。要するに彼は裏切ったのである。大村喜前の家臣となった千々石ミゲルは基督教には侵略の意図ありとのべ、基督教を罵倒するに至ったと伝えられている。

千々石ミゲルの問題は、背教者の荒木トマス神父の場合にもはっきりとあらわれている。有馬神学校の卒業生ではないが日本最初の西欧留学生だったこの神父は、帰国前から西欧基督教国の植民地政策に深く傷つけられ、日本に戻ると棄教した。彼の悲劇は棄教を奉行所に約束しながら、なおイエスの教えを忘れられぬことだった。後めたさと屈辱感は転んだあとも荒木トマスの心に何時までも残った。

有馬神学校の卒業生が苦しんだもう一つの問題は宣教師たちの一部が持つ、ひそかな日本人不信感と軽蔑感である。宣教師たちには日本を愛し日本人を高く評価したヴァリニャーノ神父のような司祭たちと、日本人を野蛮にして狡猾とみなす管区長カブラル神父のようなグループとの二派があった。この対立のために日本人卒業生たちは神学校を卒えた後も彼等の望む聖職者に進めず、たんに外人宣教師たちの走り使いや雑用をする同宿として働かされる時が多かった。自分たち日本人の能力や信仰が蔑視されているという意識はやがて不満となり、不平と変り、ために基督教そのものにも懐疑を抱いて棄教するに至った者もいる。神学校で日本文学を講じたシメオン修道士（日本名不明）がその一人である。有馬神学校の卒業生ではないが、同じ修道士として非凡の文才を持ちながら後に反基督教論を書いた、不干斎ハビアンの次の言葉もこの鬱積した不満をよくあらわしている。

「慢心は諸悪の根元、謙遜は諸善の基礎であるから謙遜を専らとせよと人に勧めるが、生れ国の風習なのであろうか、彼等（宣教師）の高慢は天魔も及ぶことができぬ……。日本人を人とも思わない。それで日本人もまたこれを納得いかぬと思うから、本当に交わるということもない。（中略）今後は日本人を神父《パテレン》にしてはいけないということで、みな面白くない」（海老沢有道訳『破提宇子』）

日本人を神父にはすまいという一部宣教師のこの感情には、あきらかに自分たちヨーロッパ人を優位と考える中華思想的なものがある。この考えは彼等の独善を生んだ。ペドロ岐部たちが神学校を卒えたあとも、神父になる道を閉されたのはそのためなのだ。

基督教国の侵略と植民地政策、そして宣教師の日本人蔑視の感情。有馬神学校の卒業生たちはイエスの教えを学びながら、その教えとはあまりに矛盾したこの西洋教会の現実と直面せねばならなかった。そして棄教した卒業生はこの矛盾を克服できなかったから基督教から離れたのである。一部卒業生の棄教の原因は必ずしも棄教者側にだけあったのではない。当時の教会や宣教師にもあったのだ。

この矛盾は当時の西洋の矛盾にほかならなかった。この過失も当時の西洋の過失にほかならなかった。だから有馬の海べりに創設されたこの小さな学校には基督教という西洋の中核思想と共に、西洋の罪過と過失も同時に含まれていたのだ。そしてその小さな学校で、はじめて西洋を学んだ日本の生徒たちは、基督教やラテン語、オルガンと同時に西洋の欠陥をも知らねばならなかったのである。彼等ほど西洋の善意、美点と罪過をまともに受けねばならなかった生徒たちはその後の日本にはなかった。彼等のその後の運命が苦渋にみち、師弟も親友もそれぞれ離反せねばならなかったのはそのためである。

ペドロ岐部の波瀾と冒険にみちた生涯にも、この西洋を学んだ最初の若い日本人の苦悩がすべて含まれている。有馬神学校で彼が触れた西洋の基督教はこの男の魂をひきつけたが、その西洋の欠陥が同時に彼を苦しめつづけた。彼は誰にもたよらず、ほとんど独りでこの矛盾を解こうとして半生を費した。その殉教は彼の結論でもあった。彼は西欧の基督教のために血を流したのではなかった。イエスの教えと日本人とのために死んだのだ……。

しめった秋草の下はかつて有馬神学校があった場所である。寺を改造した小さな校舎がそこに創られた。口をそろえ、宣教師の教えるラテン語を発声するペドロ岐部たち生徒の声がまだ聞えるようである。はじめて弾くオルガンのつたない響きもどこからか、耳に伝わってくる。紺色の着物を着て校舎から出てくる少年たちも眼に見えるようである。やがて自分たち一人一人に危険な悲劇的な運命が訪れるとは、これら少年たちも教師である宣教師たちもまだ気づいていない。

いつ来てもこの廃墟は静かだった。訪れる人影もなかった。むかしここに小さな学校があり、こここそ日本人がはじめて西洋を知った場所だったとはほとんどの日本人は知らない。ここで学んだ者たちがその学んだことゆえに迫害され、殺されていったこともほとんどの日本人は知らない。ここで学んだ者たちのなかに我国最初のヨーロッパ留学生の何人かがいたことも、ほとんどの日本人は知らない。だからすべてが静かである。

あとがき

十数年前にふと読んだチースリック教授の論文が私にペドロ岐部という、人々には知られていないが、あまりに劇的な生活を送った十七世紀の一日本人の存在を教えた。以来、私は東南アジヤやヨーロッパを旅するたびに彼の足跡をたずねるようになった、九州島原の一角を訪れるたびに彼や彼の友たちがはじめて西欧を学んだ学校に杖引くようになった。彼は私の心のなかで成長し、動き、歩きだしたのである。彼は今日まで私が書きつづけた多くの弱い者ではなく、強き人に属する人間である。そのような彼と自分との距離感を埋めるため、やはり長い歳月がかかった。

本書のために多くの参考文献を持ったが、とりわけチースリック教授には直接間接に多くの御教示を頂いた。フロイスやヴァリニャーノの書簡（第三章のヴァリニャーノ書簡を除く）と著書の引用はいつもながら松田毅一教授の翻訳を使わせて頂き、またペドロ岐部の書簡はチースリック教授訳を引用したことを附記し、厚く御礼申しあげる。

遠藤周作

P+D BOOKS ラインアップ

熱風	中上健次	●中上健次、未完の遺作が初単行本化！
残りの雪（上）	立原正秋	●古都鎌倉に美しく燃え上がる宿命的な愛
残りの雪（下）	立原正秋	●里子と坂西の愛欲の日々が終焉に近づく
魔界水滸伝 6	栗本 薫	●地球を破滅へ導く難病・ランド症候群の猛威
噺のまくら	三遊亭圓生	●「まくら（短い話）」の名手圓生が送る65篇
銃と十字架	遠藤周作	●初めて司祭となった日本人の生涯を描く

P+D BOOKS ラインアップ

マルジナリア	澁澤龍彥	●欄外の余白（マルジナリア）鏤刻の小宇宙
少年・牧神の午後	北 杜夫	●北杜夫 珠玉の初期作品カップリング集
宿敵 上巻	遠藤周作	●加藤清正と小西行長 相容れない同士の死闘
親鸞 2 法難の巻（上）	丹羽文雄	●人間として生きるため妻をめとる親鸞
親鸞 3 法難の巻（下）	丹羽文雄	●法然との出会い……そして越後への配流
魔界水滸伝 3	栗本 薫	●葛城山に突如現れた〝古き者たち〟
白と黒の革命	松本清張	●ホメイニ革命直後 緊迫のテヘランを描く
廻廊にて	辻 邦生	●女流画家の生涯を通じ〝魂の内奥〟の旅を描く

P+D BOOKS ラインアップ

宿敵　下巻	遠藤周作	●無益な戦。秀吉に面従腹背で臨む行長
親鸞4　越後・東国の巻（上）	丹羽文雄	●雪に閉ざされた越後で結ばれる親鸞と筑前
親鸞5　越後・東国の巻（下）	丹羽文雄	●教えを広めるため東国に旅立つ親鸞
魔界水滸伝4	栗本 薫	●中東の砂漠で暴れまくる〝古き物たち〟
志ん生一代（上）	結城昌治	●名人・古今亭志ん生の若き日の彷徨を描く
今も時だ・ブリキの北回帰線	立松和平	●全共闘運動の記念碑作品「今も時だ」

（お断り）

本書は１９８２年に中央公論社より発刊された文庫を底本としております。
あきらかに間違いと思われるものについては訂正いたしましたが、
基本的には底本にしたがっております。
また、底本にある人種・身分・職業・身体等に関する表現で、現在からみれば、
不当、不適切と思われる箇所がありますが、著者に差別的意図のないこと、
時代背景と作品価値とを鑑み、著者が故人でもあるため、原文のままにしております。

遠藤周作（えんどう しゅうさく）
1923年（大正12年）3月27日―1996年（平成8年）9月29日、享年73。東京都出身。
1955年「白い人」で第33回芥川賞を受賞。キリスト教を主題にした作品を多く執筆し、
代表作に『海と毒薬』など。

P+D BOOKS

ピー プラス ディー ブックス

P+Dとはペーパーバックとデジタルの略称です。
後世に受け継がれるべき名作でありながら、現在入手困難となっている作品を、
B6判ペーパーバック書籍と電子書籍で、同時かつ同価格にて発売・配信する、
小学館のまったく新しいスタイルのブックレーベルです。

銃と十字架

2015年11月15日　初版第1刷発行
2024年11月6日　第9刷発行

著者　遠藤周作
発行人　石川和男
発行所　株式会社　小学館
〒101-8001
東京都千代田区一ツ橋2-3-1
電話　編集　03-3230-9355
販売　03-5281-3555
印刷所　大日本印刷株式会社
製本所　大日本印刷株式会社
装丁　おおうちおさむ(ナノナノグラフィックス)

ISBN978-4-09-352240-3

P+D BOOKS